田中啓文

文豪宮本武蔵

実業之日本社

目次

第一話　武蔵、戦う

春の瀬戸内。その日は朝からうららかな陽気にめぐまれ、頬に当たる微風(びふう)が心地(ここち)よかった。下関(しものせき)に在する船頭渡世の彦蔵(ひこぞう)は、おのれの舟を手入れするため浜辺に下りていった。

「なんともええ日和(ひより)じゃのう。潮風の匂いまで爽やかに思える。年に何遍かこういう日があるもんじゃ」

小舟で瀬戸内海を行き来し、旅客や荷物を運ぶのが彦蔵の仕事だった。このあたりは小島が密集しており、大船の停泊がむずかしい港もあるため、小舟が重宝するのだ。

「小倉(こくら)も門司(もじ)もよう見えるわい。空がまたとないほど澄んでおる」

彦蔵は手をかざし、対岸を見ながらそう言った。続いて瀬戸内の島々に目を転じたとき、彼の顔がやや曇った。視線の先には船島(ふなしま)があった。

「かかる好日に物騒なことをする連中がおる。罰当たりなことじゃ」

彦蔵はつぶやきながら舟に近づいた。そのとき、なにやら異臭がした。饐(す)えたような、とでも言おうか、いわゆる磯臭(いそくさ)さとは違う、不快な臭いだった。いぶかしげに小舟を覗(のぞ)き込んだ彦蔵は、

「な、なんじゃ！」

と叫んだ。彼の舟のなかで男がひとり、いびきをかいて眠っていたのだ。異臭のもとはその男のようだった。六尺はあろうかという大男である。肩や胸の筋肉が瘤(こぶ)のように盛り上がっている。腕も脚も太いが、贅肉(ぜいにく)はみじんもない。鉄の筋を縒(よ)り合わせたようだ。とくに左腕が右腕よりもはるかに太いのが目についた。足先まで覆うほど裾長の衣服は垢(あか)じみてテカテカの単(ひとえ)もので、もとの色がわからぬほど変色している。着ているからかろうじて衣と言えるが、脱いでしまえばただの襤褸(ぼろ)である。あちこちに枯れ草や虫の死骸などがくっついている。足も裸足(はだし)で、切り傷、擦り傷、虫刺されの痕が無数にある。

「こらあっ、おんしゃ、ひとの舟のなかでなにをしとる！　起きて、出て去(い)ね！」

最初、彦蔵は、その男が物乞いの類であろうと思ったので、言葉荒くそう怒鳴ったのだ。しかし、彼は、この男は侍かもしれない、と直感した。着物はボロボロで、伸ばしに伸ばしたごわごわの総髪を芒(すすき)の茎で束ね、髭(ひげ)も顔を覆っており、どう見ても浮浪者なのだが、鞘(さや)の割れた刀を所持している。そう思って見直すと、百姓や漁

師とは違った佇まいが感じられ……ないこともない。

「お武家さんかや。これはわしが舟じゃ。そこで寝とられると仕事にならぬ。退いてくれぬか」

彦蔵は鼻をつまみながらそう言った。男の全身から、汗やら垢やらなにやらの入り混じった恐ろしい臭気が漂ってくるのだ。酒の匂いもする。昨夜よほど飲んだのだろう。

「のう、お武家、聞こえんのか。頼まあ」

しかし、男はごうごうと雷のようないびきをかいたままだ。やむをえぬ、揺り動かそう、と彦蔵がその肩に手を当てようとした瞬間、武士はくわっと目を開け、大きく伸びをして、

「よう寝たわ。腹が減ったのう」

低い、獣が唸るような声だ。頬骨が高く張り出し、顎はいかつい。耳たぶが大きく、唇は分厚い。異相というやつだ。

「気楽なもんじゃな。村に行けば茶店がある。そこで餅でも食いなされ」

「ははは……食いたいが銭がない」

「そんなことは知らぬ。とにかく起きなされ」

「おまえの腰にあるものはなんだ」

　彦蔵はハッとしておのれの帯に下げた包みを見た。

「これは……わしが弁当じゃ」

「寄越せ」

「馬鹿なことを……なんでわしが見ず知らずのおまえさまに弁当を食わせねばならぬ」

「袖振り合うも多生の縁と言うではないか。──寄越せ」

　男はいきなり彦蔵の包みをつかみ、手前に引いた。その力の強さに彦蔵はつんのめりそうになり、

「な、なにをなさる……」

「食わせろ！」

　その武士は、野獣のような目で彦蔵をにらみつけた。その気になれば彦蔵などひねり潰しそうな迫力があった。

（まるで獣じゃ。獣相手に怪我してもつまらぬ……）

　彦蔵はため息をつき、

「わかった。ここでおまえさまに会うたのが因果とあきらめ、弁当はくれてやる。麦飯の握り飯に沢庵じゃ」

　男は竹の皮を外し、その裏についた飯粒を舌の先でなめ取った。そして、片手に

ひとつずつ握り飯をつかみ、猛烈な勢いで交互に食べはじめた。その様子を眺めているうちに、彦蔵はほほえましくなってきた。男はあっというまに五つの握り飯を平らげてしまった。

「二つぐらいは残しておくのがひとの情ではないか」

『くれてやる』と言うたではないか。あれは嘘か」

「嘘ではないが、少しは遠慮というものがあろうが」

そうは言ったが、内心、彦蔵はこの武士の旺盛な食欲に気持ちよさを感じていた。

「ああ、腹がくちくなると眠くなってきた」

男はふたたび舟に横になった。

「こ、これ、そこで寝られては商売にならぬ。出ていってくれ」

「のう、ものは相談だが、この舟で俺を運んでくれぬか」

「銭がないのじゃろう」

「タダで運べ」

「握り飯を食われたうえに、タダで舟に乗られてたまるか」

「俺はどうしても行かねばならぬところがあるのだ」

「昼寝していて、どこへ行けようぞ」

「船頭が来るのを寝ながら待っていた」

「はあ……？」

彦蔵はふと、この身勝手すぎる武士がどこに行くつもりなのか、興味を覚えた。

「うむ……まあ、近くならば運んでやらぬこともない。どこへ行きたいのじゃ」

「ふにゃ島とかいうところだ」

「それを言うなら船島じゃろう。——今日はあの島には近づかぬほうがええ」

「なにゆえだ」

「細川（ほそかわ）さまのご家老、長岡佐渡（ながおかさど）さまの肝煎（きもい）りで、佐々木小次郎（ささきこじろう）という剣術使いが宮本某（みやもとなにがし）というやつと真剣の試合をするらしい。物騒極まりないわい。せっかく親からもろうた命を粗末にするとは罰当たりなことじゃ。昨日から名のある武芸者が大勢あの島に渡ったらしいが、他人の命のやり取りを見物に行くなどひとの道に外れておる」

「ほう……そうか」

武士は、親指についた握り飯の粘りをなめ取った。

「おまえさまも決闘の見物に行くのか？　やめておきなされ。細川さまのご家来衆が島の周りを固めておられる。おまえさまのような風来坊が近づいたら、お咎（とが）めを受けよう」

「心配いらぬ。歓迎されるにちがいない」

「おまえさまの身を案じて言うておるのじゃ。連れていったわしまでお叱りを受けるかもしれぬ。それに、朝早うから試合うと聞いたゆえ、もう終わっておるかもしれぬぞ」

「大丈夫だ。まだはじまってはおらぬ」

「なんでわかる」

「俺がその作州牢人宮本武蔵なのだ」

彦蔵は一瞬きょとんとしたが、やがて腹を抱えて笑い出した。

「うははは……冗談は顔だけにしなされ。おまえさまが宮本武蔵であろうはずがない。武蔵というのは小次郎ほどではないが、そこそこ名の通った剣豪らしい。おまえさまみたいな汚らしい格好であるわけがない。立派な紋付袴を着け、りゅうとした身なりをしとるじゃろう。それに、銭もたっぷり持っておるにちがいないわい」

「そう言われても、持っておらぬのだからしかたがない。――ああ、そう言えば……」

男はふところを探って一通の書状を出し、

「俺は昨夜まで小倉にある長岡佐渡殿の屋敷に滞在しておった。わけあって夜のうちに舟を雇い、ここ下関まで参ったが、ちと大酒を飲みすぎてな、路銀が尽きた。この書状は、細川家から俺への真剣試合の御免状だ。読んでみろ。ここに俺の名が……ほれ、新免宮本武蔵玄信とあるだろう」

「そう言われても、わしは字が読めん」

武士は髪の毛をばりばりと掻き、

「とにかくそう書いてあるのだ。俺を信用しろ」

彦蔵は腕組みをして目のまえのむさくるしい大男を見つめていたが、

「おまえさま……まことの武蔵かや？」

「さっきからそう申しておる」

「だとしたら……えらいことじゃぞ。わしが聞いたところでは、試合は巳の刻からだとか……」

「俺もそう聞いた」

「巳の刻はとうに過ぎておる。もう、午の刻じゃ」

「ほう……それは困ったな」

武蔵と名乗った男はあまり困っていなさそうにそう言った。彦蔵は大慌てで、

「わしが舟を出してやるゆえ、早う……急ぎなされ！」

そして、小舟を波打ち際にまで押し出そうとした。

「これ！　おまえさまも手伝わぬか！」

「俺がか？」

「ほかにだれがいなさる！」

武蔵は刀を腰に差すと、しぶしぶ舟を後ろから押しはじめた。その膂力(りょりょく)はたいしたもので、いつもは三人がかりで運ぶ舟が軽々と進水できた。彦蔵は赤樫(あかがし)の櫂(かい)を操りながら、

「相手を一刻（二時間）も待たせて、よう平気じゃの」

「どうせ島のうえではほかにやることはないのだから、囲碁でもしながらのんびり待っているだろう」

「おまえさまがもう来ぬと思うて、向こうの勝ちになっておるかもしれぬぞ」

「ははは……そりゃあいかんなあ」

彦蔵はすぐに櫂を櫓(ろ)に持ち替えると、漕(こ)ぎに漕いだ。流れはかなり速い。船島の周囲は一日に潮流が四度変わる。それを見極めながら必死に漕がないと乗り切れないのだ。漕ぎながら彦蔵は、

「なぜに佐々木小次郎と勝負することになったのじゃ」

「話せば長くなる」

「そこを短(みじこ)うに言うてくだされ」

「俺は、剣客としてこれまでに十度ほどの試合を行ったが、一度も敗れたことがない。――つまり、よほど強いのだ」

「十度勝ったぐらいでは、よほど強いとは言えますまい」

「いや……十度ではない。言い間違えた。まことは三十度、いや、六十度の決闘にことごとく勝利してきた」

少し増やしすぎか、武蔵は思ったが、彦蔵は怪しむことなく、

「六十度？　そりゃあすごい。わしゃ武芸者のことはとんと知らぬが、六十人もやっつけておるならば、さぞかしわしでも聞いたことのある名高い相手とも試合しておられよう」

「まあ、な」

「柳生但馬守や荒木又右衛門、小野次郎右衛門なんぞにも勝ったのかね」

「まことに残念ながらいまだ対面の機会がない。――おまえ、武芸者のことは知らぬと申したが、存外詳しいではないか」

「将軍家指南役ぐらいは知っておる。なんぼ六十遍試合をしておったとしても、わしのような田舎の船頭でも知るような名高い相手とやらねば意味がなかろう。十把ひとからげの有象無象に勝ってもなんにもならんのじゃ」

「わかっておる。それゆえ此度の試合なのだ。相手の佐々木小次郎は、小倉の細川公のお気に入りだ。もう二十歳を超えておるがいまだ前髪だちで、金襴の縫い取りをした赤い陣羽織というきらびやかな出で立ち、背には物干し竿という三尺余りも

ある長剣を背負っている。その長剣で空を飛ぶ燕（つばめ）を斬り落とすそうだ」

「ものすごい技じゃな」

「細川公はすっかり小次郎に参ってしもうた。小次郎は細面で色白、容色も優れており、中庭で剣技を披露するたびに細川家の女中どもが黄色い声を浴びせておった」

「ははは……おまえさまとは大違いじゃな」

「今、俺はしがない牢人だが、俺には夢がある。幼少のころから稽古を重ねてきたこの剣の腕で、天下を獲（と）る」

「大きく出たな」

「ゆくゆくはどこかの大名になるか、せめて柳生家や小野家のように将軍家指南役になりたい。そう思うてこれまで十度、いや、六十度の決闘を行ってきたのだ。そのとっかかりとして、どこかの大名に腕を買（こ）うてもらい、仕官をしたい。なれどどの大名家からも断られる。腕がたつのは認めるが、仕官はちょっと……と言うてくる」

「おまえさまが汚らしい格好をしとるゆえじゃ。沐浴（もくよく）して、きれいなべべに着替えたら、少しは話が変わると思うがのう」

「湯浴（ゆあ）みは好かぬ。俺は若いうちからずっと山野で修業してきた。木に登り、野原を転がり、土にまみれて腕を磨いた。いわば獣と同じだ。熊が、猪（いのしし）が、鹿が湯浴みをするか？」

「する……と思うがのう。獣というのは存外きれい好きだわ」

「俺は先日来、細川公の家老長岡佐渡殿のところに滞在していた。家老と言うても、佐渡殿は木付城の城主で二万五千石の大名格だ。そこに細川の殿さまのご来駕があり、俺は張り切って剣技を披露した。細川公は俺を気に入ってくれた様子だったので、ここぞとばかりに、仕官したい、剣をもって仕えたい、と願い出た」

小舟は逆波に抗いながら少しずつ船島に近づいていく。

「すると、細川公は、今、当家には天下に並びなき豪傑佐々木小次郎が客分として逗留しており、いずれ指南役として迎えるつもりであるから、仕官の儀はまかりならぬ……と申された。俺は、ならばその佐々木氏と勝負させろ、俺が勝ったら、俺の方を指南役として召し抱えてくれ、と申し入れた」

「まるで、押し売りじゃのう」

「なにを言う。強い方を指南役にする方が得ではないか。——細川公は、はじめのうちはしぶっておられたが、佐々木小次郎が、『武蔵などという剣客は、小指の先でひねり潰せる』と豪語したらしく、ついに試合と仕官の件を承知なされた」

「おまえさまは小次郎と会うたことがあるのか」

「一度だけ、小倉城の座敷でな。——嫌なやつだった。まるで……俺を見ているようだったからだ」

「は？」

「櫛の目の通った前髪、大仰なこしらえ、金のかかった着物、派手な技、ひと目を引く得物、『兵法天下無比類　燕返し　佐々木岩流小次郎』と大書された二間もある大指物……どれを取っても俺とは逆さまだが、その実、そういったものすべてが、剣の腕ひとつで天下をつかむためのあの男の策なのだ。その策が図に当たって、やつの名は日本中に聞こえている。ただし……腕の方はわからぬ」

武蔵は、長岡佐渡から聞いた佐々木小次郎の身の上を語った。両親を早く亡くした小次郎には、夏という妹がいた。ふたりで各地を放浪しているとき、小太刀の名人とうたわれた富田勢源に拾われた。長らく勢源の打太刀を勤めた結果、長剣の扱いに達者となり、十八歳で三尺の長剣を自在に操る流派を打ち立てて独立し、「岩流」と名乗るようになった。長刀の斬り返しで空を飛ぶ燕をつぎつぎと落としていく「燕返し」という技のまえには、いかなる剣豪も恐れをなすという。これまでの勝負で負けたことがないと豪語しているのも武蔵同様だが、妹の夏は今、重い病気で床についているらしい。

「親が死んでからの小次郎はたいへんな辛酸をなめたそうだ。妹を抱えて物乞いをしながら旅を重ね、男芸者の真似ごともしたらしい。どんなことをしてでもそういう暮らしから脱したい、という気持ちだったにちがいない」

ようやく名が売れてきたので、いずれかに仕官したいが、どこでもよいというわけにはいかぬ。おのれを高く買ってくれるところに売り込みたい。そんなときに細川公の寵愛(ちょうあい)を得ることができた。三十九万九千石の大大名である。そこの指南役になれれば千石以上の禄高(ろくだか)も夢ではない……。

「そこに、俺が現れたのだ」

「おまえさまが目のうえの瘤(こぶ)というところじゃな」

「そうだ。俺と小次郎はたがいに裏と表だ。剣の腕だけを頼りにのし上がろうとしている。しかも……ふたりとも強い。そこも似ているのだ。あいつが死ねば俺が浮かび上がり、俺が死ねばあいつがその地位を得る」

「ふたりはいらぬ、ということか」

「そうだ。――ひと目見て、そうと察した俺は、以来かならず勝つつもりで日々鍛錬を重ねた。向こうもそうだっただろう」

「それで今日の日を迎えたのじゃな」

「ところが……昨夜のことだ。俺が長岡佐渡殿の屋敷の一室にいると、塀を乗り越えて刺客が闖入(ちんにゅう)してきた。数は、そう……七、八人だったな。四人を斬り伏せたが、鉄砲を持っていたやつがいてな、ずどんと撃たれた。さいわい弾は外れたが、俺はそれをきっかけに屋敷を飛び出し、走りに走った。そして、舟を雇い、ここに来た……というわけだ」

「なんで屋敷を飛び出したのじゃ？」

「刺客は明らかに俺ひとりを狙っていた。俺がいたら佐渡殿に迷惑がかかる、と思うた……というのは表向きの話だ。おそらくあやつらは細川公が差し向けた連中だろう。でないと、ご城下の家老屋敷で鉄砲を撃つものか」

「…………」

「ご寵愛の佐々木小次郎を俺が倒しては困る、というので決闘のまえに殺してしまう腹だったのだろう。ならば、佐渡殿も承知のうえかもしれぬ。――それゆえ逃げたのだ」

「なんともえらい話じゃのう」

「船島では、俺は小次郎を倒すだけでなく、細川公の家来衆も相手せねばならぬかもしれぬ。こいつはなかなか骨が折れるぞ」

「他人ごとのような口ぶりじゃな」

「昨夜まではやる気にあふれていた。やっとめぐってきた出世の機だと思うた。だが、刺客を見てやる気が失せた」

「ならば、このまま船島へ行かず、消えてしまえばよかろう。どうせ細川さまへの仕官は叶うまい。おまえさまが船島へ行けば、飛んで火にいるなんとやらではないか？　小次郎と戦うまえに細川さまの御家来衆に討って取られるぞ。やめておけ、やめておけ。今なら引き返せるぞ」

「かもしれぬが、それでは俺が小次郎に負けたことになる。天下に恥を晒してしまう。俺も小次郎も、今日の試合のことをあちこちで喧伝した。手紙も出した。島には各地から武芸を好むものたちが集まっているはずだ」

「そりゃあそうじゃが……」

「俺も武蔵だ。十度……六十度の戦いに敗れたことのないこの俺が、小次郎に引けを取ったことになるのは嫌だ。それに、小次郎に勝てば、よその大名からも仕官の口がかかる……かもしれぬ」

「そんなものかのう。ひと殺しをして出世するなど、冥加のほどが恐ろしい。殺した相手にさぞかし恨まれよう」

「相手はもう死んでおる。恨まれることはない」

「いや、相手は死んだとて、そのものには親もおれば兄弟、嫁、こども、友がおる。そういった連中から恨みを買うはずじゃ」

「兵法の試合なのだ。相手を殺すつもりでやらねばおのれが死ぬ。双方ともそれを承知で試合に臨むのだ。将棋か双六のようなものだ」

「かもしれぬが、殺さずともよかろう。手加減をしてやれば……」

「そうだなあ……手加減できる相手ならそうするし、とどめを刺さずとも勝敗が決するときもあるが、野試合でたがいに力が伯仲しておればそんなゆとりがない。殺すか殺されるかだ。死んだらそれまで。野原に打ち捨てられる。勝ったものは歩み去る。恨みだのなんだのをいちいち気にしていたら武芸者はつとまらぬ」

「ふーむ……」

「生死なんてそんなもんだ。病で死ぬのも、戦で殺されるのも、暴れ牛に踏み殺されるのも、どれも『死ぬ』ことに変わりはない。明日死ぬかもしれぬし、三十年後に死ぬかもしれぬ。生まれてすぐに死ぬものもおれば、百の齢（よわい）を保つものもいる。しかし、千年万年という長い歳月から考えると、ひとの生き死になど瞬（まばた）きするあいだのことにすぎぬ。すべては夢のようなものだ。――ならば、決闘で命のやりとりをして死んでも、どうということはないではないか」

「たしかにそうかもしれぬ。いずれにしてもわしには縁のない暮らしじゃ」

彦蔵はそう言ったあとしばらく黙って海を見つめていたが、その顔が青ざめていった。

「おまえさま……船島に着くのはちと遅れそうじゃ。いや……生涯着かぬかもしれぬ」

「どうかしたのか」

「見なされ。これだけ潮が速いのに、舟がまるで動いておらぬじゃろ」

「そう言われれば……なにごとだ」

「ワニザメじゃ。このあたりの根には悪々(わるわる)いサメが巣くうておってな、時折、旅人に魅入れよる。そうなったらテコでも舟は動かぬ」

「どうすればよい」

「サメが魅入れたのはわしかおまえさまじゃ。それを見極めたうえで、魅入られたものが海に飛び込むしかない」

「俺はサメの餌になるのは嫌だ」

「ひとの生き死になどどうということはない、と言うておったじゃろ?」

「ははは。言うたかのう。——サメがどちらに魅入れているか、どうやってわかる?」

「持ちものをなんでもひとつ海に流せばよい。うまく流れたらよいが、それが引き込まれたとしたらその持ち主にサメは魅入れとる。まず、わしから行こう」

彦蔵はふところから手ぬぐいを出し、海に放り込んだ。手ぬぐいはゆっくりと流れていった。彦蔵は胸を撫(な)で下ろし、

「どうやらわしではなかったようじゃ。——ということは……」

「俺か」

「なにかを放り込め」

「なにも持っておらぬ。無一物なのだ」

「あの書状がある」

「いや、それはさすがに……細川公からの真剣勝負の御免状だぞ」

「おまえさまを殺そうとした野郎が書いたものなどいらんじゃろ。早う放り込め」

武蔵が投げ込むと、書状は速い潮に揉まれて一旦バラけ、しばらく波間を漂っていたが、急転、なにかに引き込まれたようにぎゅーっと海中に没した。彦蔵は暗い顔で、

「やはりおまえさまのようじゃな。――飛び込んでくれ」

「もし、俺がいつまでも飛び込まなかったらどうなる」

「舟は止まったままじゃ。わしらはそのうち日干しになって死んでしまう」

武蔵は海面を覗き込み、小刀で船縁をばしばし叩くと、

「そこなワニザメめ！　宮本武蔵に足止めを食らわすとは身の程知らずめが。俺は船島に大事の用があるのだ。早く足止めを解け！」

その言葉に応えるように波間がごぼごぼと盛り上がり、巨大なサメが顔を突き出した。剃刀のように鋭い牙が並んだ口を開け、サメは小舟に向かって突進してきた。衝突したら舟は木っ端微塵だろう。武蔵は船縁に片足をかけて刀を抜き、渾身の力を込めて、

「でえいっ！」

と突き刺した。刀はサメの頭部を深々（駄洒落じゃないですよ）と貫き、鍔のところでやっと止まった。潮が真っ赤に染まった。サメはしばらくもがき、苦しんでいたが、尾で海面を叩き、大きく反転したあと、痙攣しながら水中に沈んでいった。彦蔵はそのあたりに向かって手を合わせたあと、頭から血をかぶったようになっている武蔵に、

「おまえさん、どえらいことをしなすったのう。あいつはこのあたりに年古う棲んでおる厄神じゃ。祟りがあるかもしれぬゆえ、気をつけなされ」

武蔵はにやりと笑い、

「祟りなどあるものか。とんだ道草を食うた。急いでくれ」

「急ぐのはええが……おまえさま、刀はどうなさる」

「刀……？」

武蔵は今気づいたように腰を見た。刀はサメに刺さったまま海に沈んでしまった。

「刀がのうて決闘ができようかい。試合は空手でやりなさるか」

「はっはっは……そうもいくまい。小次郎は物干し竿とかいう三尺一寸もある長剣を使うそうな」

「おまえさまはどうなさる」

「うーむ……向こうで細川公の御家来衆に借りるか……」

「悪いことは言わぬ。引き返そう。しばらくどこかへ身を隠しなされ」

「などと言うておるうちに……見よ、あれが船島であろう」

島影が見えてきた。

「おいっ、来たぞ！　武蔵が来た来た！」

磯の高みから物見をしていた侍が騒いでいる声が耳に入る。武蔵は舟のなかで立ち上がり、

「さあ……行くか」

「わしゃ知らんぞ」

彦蔵は砂地へと小舟を進めながらそうつぶやいた。武蔵は舟を降りて波打ち際を浜と平行に歩んだ。試合場所は竹矢来と幔幕(まんまく)で仕切られており、検分役らしい侍が十名ほど円を描くように並んでいる。その外側には、見物と思われる武士たちが鈴なりになっている。検分役のひとりが武蔵に近づき、

「その方が宮本武蔵か」

「そうだ」

「その方がたしかに宮本武蔵であるという証(あかし)を見せよ」

細川家からもらった御免状は海に沈んでしまった。

「証がなければ試合はまかりならぬ。そもそもその方、両刀も手挟んでおらぬよう

だし……」

武蔵は面倒くさくなり、

「これが証だ！」

言うなり、その男の眉間を拳で殴りつけた。侍は吹っ飛び、浜辺で伸びてしまった。「兵法天下無比類　燕返し　佐々木岩流小次郎」という旗指物が風にはためく横で床机に腰掛けていた小次郎はあわてて駆けつけ、

「武蔵、遅いぞ！」

その出で立ちは、予想していたとおりの華美なもので、真っ赤な羽織の縁はギザギザになっており、金色の紋がついていた。着物は黄色、袴は細かい燕の模様をあしらい、背中には物干し竿という朱鞘の長刀を背負っている。前髪だちの額にはなぜか「桃」の印の入った鉢巻をしており、目には目張りを入れ、端整な顔には白粉を厚く塗っているが、待っているあいだに陽光を浴びたらしく、それらはどろどろに流れていた。

「すまん。サメと戦っていたもんでな」

「な、なに？」

小次郎は端整な顔を歪めて、

「拙者は早朝から待ち受けておったというに、貴様はサメ釣りをしていたと申すか。

なめるな！」

「いやいや……馬鹿みたいにでかいワニザメでなあ、あれはおぬしでも持て余すと思うぞ」

「嘘をつくな！　たかの知れたうろくずごときに手間取って今の今まで遅れるはずない。卑怯ものめ！」

「たかの知れたと申すがそれがとにかくでかくて……あ、いや、ちがった」

「なにがちがった」

「サメではなくクジラだった。海をふたつに割るほどの大クジラだ」

「瀬戸内にクジラがいるか！　貴様、拙者を愚弄するのか」

「それがいたのだ。おそらく紀州灘から入り込んだのだろう。渦を巻き起こし、潮を吹き、あやうく舟ごと飲み込まれるところだった。しかも一頭ではない。十頭もいた。そいつらを倒していたので遅れた、というわけだ。すまぬすまぬ」

「十頭もクジラがいたら、この浜からでも見えたはずだが……」

「まあまあ、そんなことはどうでもよい。すぐにはじめよう」

「はじめようって……お、おい、おぬし、刀はどうしたのだ」

「クジラに持っていかれた」

「では、決闘にならぬではないか」

武蔵は、検分役として並んでいる細川家の家来たちに向かって、

「すまぬがだれか刀を貸してもらえぬか。試合が終わったらすぐ返す」

皆、顔を見合わせたが、貸そうとするものはいない。

「ケチな連中め」

武蔵は舌打ちをして、小舟の方に引き返した。小次郎が、

「まさか試合をやめて逃げるつもりではなかろうな！」

「そうではない」

武蔵は舟から櫂の一本を手に取った。彦蔵があわてて、

「それがないと帰れぬわい」

「一本で漕げ」

武蔵はまず左手で櫂の端をつかみ、天に向かって高々と突き上げた。そして、海原に向かって大きく打ち振った。何度も何度も……。

「うう……たいそうな力じゃな」

彦蔵は目を丸くした。武蔵は櫂を右手に持ち替えるとふたたび振った。ぶん、という音とともに潮風が切り裂かれる。水面に当てたわけではないのに、海に真っ直ぐの筋が長く伸びていく。

「まあ、これでよいか」

「よくはない。おまえさま……死ぬつもりか。三尺の長剣に、こんな塩の染みた古い櫂では勝ち目はないぞ」

「だれも刀を貸さぬゆえやむをえぬ。まあ、俺ぐらいになると、棒切れでも竹竿でも芒（すすき）の穂でも、なんでもよいのだ」

「まことかのう」

「俺は嘘はつかぬ」

「クジラが十頭とか言うておったものの言葉とは思えんわい」

「ははは……」

櫂を手にした武蔵が戻ってくると、小次郎は言った。

「拙者の剣は、備前長光（びぜんながみつ）だぞ。おぬしは櫂でよいのか」

「かまわぬ。こうなったらどうとでもなれ、だ」

そう言って、行司役の侍に一礼した。小次郎も同じく頭を下げた。行司役はうなずき、

「これは細川家の認めた公の兵法試合である。どちらが勝っても双方遺恨を残さぬようにいたせ。では……はじめいっ！」

小次郎は、背中から物干し竿を抜き放った。剣術の試合では、はじめのうち相手の力量や太刀筋などを見るために十分な間合いを取り、牽制（けんせい）しあうものだが、武蔵

はいきなり小次郎目掛けて突進した。これは武蔵のいつもの戦法で、試合の支度には念を入れるが、いざ勝負がはじまったら、なにも考えずに無念無想で攻めまくる。あとは日頃の鍛錬と野獣の勘がものを言う。身体が勝手に動くのに任せるのだ。だから、たいがい最初のひと太刀で勝敗は決した。これまではそうやって勝ってきた。今日もそうするしかない。

武蔵は間合いを一瞬で詰め、頭上高く振り上げた櫂を小次郎の額目掛けて思い切り振り下ろした。小次郎は物干し竿を正眼に構えたまま、まえに向かうとみせて真後ろに飛びしさった。

（外した……！）

櫂は空を切った。武蔵の初太刀は外れたのだ。ただ、鼻をかすめたとみえ、高い鼻先に血が滲んでいる。小次郎は武蔵の横鬢を狙って凄まじい一撃を放った。武蔵は地面から櫂をすくい上げて防ごうとした。しかし、突如、小次郎は剣の向きを反転させた。高速で打ち込んだ刀の動きを途中でまったく逆にするというのはよほどの膂力や肩の力がないと不可能だ。小次郎の太刀は三尺を超える長さだから、そんなことをすれば刀に振り回されてしまうはずだが、小次郎は軽々とやってのけた。武蔵がすくい上げた櫂はまたしても空を切った。

「今のが燕返しか」

武蔵が言うと小次郎はにやりと笑い、

「そうだ。この技を身につけるために燕を何千羽と殺した」

「ひとも燕も互いに命ある身。それを無駄に殺すとは……」

「無駄ではない。拙者の剣法を作るためだ」

「俺なら一羽斬れば十分だ。あとは頭のなかに燕を飛ばせばよい」

小次郎はカッとして刀を槍のように正面から突き出した。武蔵は左に身体をひねってなんなくかわし、同じように櫂を突き出した。小次郎の長刀より櫂の方がいくぶん長い。櫂の先端は小次郎の右肩を突いた。とん、と当たっただけだが、小次郎は狼狽し、刀を左右に振り回した。武蔵は大きく跳躍し、櫂を打ち下ろした。小次郎はそれをかわし、彼も跳んだ。重い刀を構え、隙を見せることなく、高く跳ぶことは難しい。空中にいるときどの方角から攻撃されてもそれを受け止め、跳ね返せるだけの腕が必要なのだ。検分役たちにとっては瞬きするぐらいの短い時間だっただろうが、ふたりの剣客はそのあいだに秘術を尽くしあっていたのである。

しかし、ついに決着のときが訪れた。小次郎の一撃を武蔵が櫂を水平にして受け止めたとき、櫂はちょうど中央から両断されたのである。

「勝負あったようだな……」

小次郎は勝ち誇ったような薄笑いを浮かべたが、つぎに武蔵の放った一言で顔が凍りついた。

「俺はもともと二刀の使い手だ。忘れたか」

武蔵は半分になった櫂を太鼓の撥のように構えた。小次郎はその構えに誘われるように物干し竿を振り下ろしたが、武蔵は二本の櫂を交差させてそれを受け止めた。小次郎が腕力で押し破ろうとするのを、武蔵は二本の櫂をからめるようにして、物干し竿の先端をお辞儀させ、砂地につけてしまった。武蔵が右腕の櫂を小次郎の首筋に叩きつけようとした瞬間、

「それまで！」

行司役が声をかけた。先ほどの彦蔵との会話が引っかかっていた武蔵は、

（よかった……。今日は相手を斃さずにすんだ……）

武蔵が櫂を引くと、

「この勝負、佐々木小次郎殿の勝ちと見た。おのおの、刀を引かっしゃい」

気色ばんだ武蔵が、

「なにを言う。どう見ても俺の勝ちだろう。おまえの目は節穴か」

「黙れ！　素牢人の分際で、殿のお眼鏡にて行司役を務めるそれがしに無礼を申すと捨て置かぬぞ」

「どこをどう見たら俺の負けなのだ」

「得物を両断された時点でおぬしの負けだ」

「ならばなにゆえそのとき、勝負あったと言わぬ。行司役失格だな」

「言うな。おとなしく負けを認めよ」

「では、俺が負けたかどうか、小次郎にきいてみろ」

行司役は、小次郎に向かって、

「佐々木氏、それがしはそなたの勝ちと見たが、そなたはどうだ」

「せ、拙者は……」

小次郎は一瞬ためらったが、

「――拙者も、そう思う。拙者は……たしかに……勝った……という気がする」

武蔵は眉根を寄せ、

「俺は今現に、おぬしの首筋に櫂をあてごうておる。それでも勝ったと言うのか」

「すまぬ、武蔵……拙者には病気の妹がいる。ここでおぬしに負けるわけにはいかぬのだ！」

そのとき、竹矢来の向こうから抜刀した侍たちが十数人現れた。弓矢や鉄砲を構えているものもいる。

「あくまで俺の負けにしたいようだな」

武蔵が言うと、先頭の侍が、

「佐々木氏はわが殿のお気に入り。もともとその方が勝てぬ仕組みなのだ」

「この試合には大勢の兵法好きが見物しているはずだ。俺の口を塞ぐだけではすむまい」

「そやつらにはあとで金子(きんす)をつかわす。それで黙っていよう」

武蔵は小次郎に目をやり、

「小次郎……おぬしはこれでよいのか」

小次郎は無言で物干し竿を地面から撥(は)ね上げ、武蔵の喉に向けて放った。武蔵は間一髪でよけると、

「それがおぬしの答か」

「ようやく仕官の夢を手にしかけているのだ。貴様に邪魔はさせぬ」

武蔵のなかでなにかが崩れた。彼は肩を落としてため息をついた。

「隙あり!」

小次郎の剣が武蔵の胸板を襲った。かわす間はなかった。武蔵は右手の櫂でそれを受け止め、ほぼ同時に左手の櫂を本能的に振り下ろしていた。櫂は小次郎の額に炸裂(さくれつ)した。武蔵は、しまった、と思った。病気の妹のことを聞いて、手加減するつもりだったのだ……。

小次郎はうずくまると、

「拙者は……死ぬわけにはいかん……妹が……お夏が……」

血が砂のうえに赤い文様を描きはじめた。

「公の兵法の試合だ。悪う思わんでくれ」

だが、その言葉は小次郎の耳には届いていないようだった。

「夏……不甲斐(ふがい)ない兄を……許してくれ……やっと仕官を……この……この手に……夏……」

小次郎はそこまで言うと、鬼のような形相で武蔵をにらみつけたまま絶命した。

武蔵は生まれてはじめて、試合の相手を殺したことを後悔した。今までは、相手の命はもとより、その親、兄弟、こども……などの存在についても気に留めたことはなかった。おのれも同じく、負ければ死ぬのだから五分と五分だ……単純にそう思っていた。

（小次郎の病気の妹は、唯一の肉親である小次郎が死んだらどうなるのだろう。さぞかし俺を恨むことだろう……）

武蔵の胸に「勝った」という感慨はかけらもなかった。

「すまぬ……小次郎……」

そのとき、

「武蔵を討ち取れ！」

その声を合図に、鉄砲が放たれ、矢が射掛けられた。武蔵は弾をかわし、矢を払ったが、十数人が刀を構えて押し寄せてくるのを見て、

「ええい、鬱陶しい！」

小次郎の物干し竿をつかむと、細川家の家来たちに向かって振りかざし、

「うがあああっ！」

一声そう吠えた。家来たちの足がぴたりと止まった。武蔵はそのまま彼らに向かって突進する……と見せかけ、きびすを返すと小舟の方に駆け出した。

「舟を……出せ！」

彦蔵はすでに舟を波打ち際から押し出し、それに乗り込もうとしていた。武蔵は矢を打ち落としながら岩に登ると、物干し竿をその場に投げ捨て、身を翻して舟に飛び乗った。彦蔵は一本の櫂を使い、満身の力を込めて漕ぎ出した。

◇

細川家の家臣たちの必死の捜索にもかかわらず、武蔵の行方は杳として知れなかった。じつは彼は細川家の膝元、小倉に潜入していたのだ。

決闘の日の夜。小倉城下にある某屋敷の一間に、ひとりの女がふせっていた。小

次郎の妹、夏である。ここ数日熱が高く、一日中あえいでいる。食事はおろか、水を飲むことすらままならぬのだ。細川家の典医によると、幼少時からの旅から旅の暮らしのせいで、身体が相当参っている。日に日に体力が落ちてきており、予断を許さぬ状況だが、小次郎の仕官が叶い、落ち着くことができれば、養生次第では助かるかもしれぬ……そのような診立てであった。

深夜、中庭に面したその部屋には月光が白く差し込んでいた。障子が音もなく開き、なにやらぷん……と異臭が漂った。朦朧(もうろう)としていて夢うつつをさまよっていた夏だが、その瞬間だけ奇跡的に神経と神経がつながったように頭がはっきりした。

夏は目を開け、

「どなた……です……お兄さま……？」

「いや……ちがう」

見知らぬ男の声がした。

「こちらの御家人のかたですか」

「ちがう。そなたの兄上の……知り合いのものだ」

「あの……せっかくのお越しですが……兄は……他出しております……」

「知っている。——そなたに用があって参ったのだ」

「わたくしに……？」

「さよう……」

男がそのまま押し黙ったので、夏も黙り込んだ。長い沈黙のあと、夏が言った。

「夜遅く……女子(おなご)の枕もとに……殿御がひとりでおいでになるのは……ようございませぬ……」

「わかっておる」

「では、なにゆえ……」

「夏殿……俺は、宮本武蔵と申すものだ」

「え……」

夏の声が凍りついた。ふたたび無言が続いたあと、夏は押し出すように、

「では……兄は……負けたのですね」

「うむ……」

「死んだのですか」

「…………」

「わかりました」

「すまぬ。加減するつもりだったが、兄上はじつに手練(てだ)れにて、俺にはそうするゆとりがなかった」

「しかたありませぬ……剣客として……いずれはそのような日が……来ると思うて

おりましたゆえ……」

「すまぬ」

「謝ることは……ありませぬ。兄も……これまで……多くのひとを……手にかけてまいりました。――それをわざわざ……お知らせに？」

「兄上が亡くなったあと、そなたがどう扱われるのか気がかりだったのだ」

「細川さまは……兄の剣の腕を買（こ）うて……ここに逗留させてくださっているのです。兄が亡くなったのですから……出て行かねばならぬでしょう……」

「そなたは病身ではないか。そのような身でどこに行けよう」

「これも運命（さだめ）です」

「すまぬ……」

「お願いですから……もうお謝りなさらないでください。聞いていて……つろうございます」

「すま……いや、わ、わかった」

「それともうひとつ……武蔵さま」

「なんだ」

「たまには……沐浴なさりませ」

武蔵は顔を赤らめ、

「臭うか」

「はい……かなり……」

「すま……沐浴しよう。約束する」

夏ははじめてにこりと笑った。そのとき、

「お夏さま……どなたかおいでですか？」

廊下で声がした。武蔵は廊下とは反対側のふすまを開け、

「養生なされよ」

武蔵は後ろ手にふすまを閉めると、足音を立てぬように歩き出した。

（夏殿か……）

武蔵は庭に出ると、塀に手をかけ、猫のようにそれを乗り越えた。夜の小倉の町を歩きながら武蔵は、今後一生涯、ひそかに夏の支援をしよう、と心に決めていた。

◇

佐々木小次郎との公の戦いで勝利した武蔵を雇おうとする大名はひとりもいなかった。若き剣の天才佐々木小次郎を、野人のような剣士が卑怯な手段を使って撲殺（ぼくさつ）した……という話を細川家が広めたためだ。

「勝てばよい、というものではない。武士の風上にも置けぬやり方」

「いくら強くとも、わが殿や家臣の師にはふさわしくない」

「小次郎を殺しただけでなく、細川家のご家来衆を撫で斬りにしたそうだ」

悪い噂はまたたくまに広がり、武蔵が訪れても、腕を見るどころか門前払いを食らわせる大名ばかりであった。これでは「剣の腕で天下を獲る」ことはできぬ。

武蔵は旅の途上で、夏が細川家を去り、小次郎の知人などを頼って各地を転々としていることを知った。神社の軒下や地蔵堂などで野宿することもあるらしい。風聞では病も癒えていないようだ。養生の費用として金子を送るよう努めていたが、武蔵も無一文に近く、思うようにはいかなかった。金さえあれば、居候している家でつらく当たられたり、出ていけとののしられたりすることもないだろうし、旅籠にも泊まることができる。少しでも多くの金を送りたかったが、武蔵の懐は苦しくなる一方だった。安ものの大小を買い求めたらすっからかんになってしまったのだ。しかもその大小は、とても一流の剣客が差すようなしろものとは言えぬ鈍ら刀であったが、丸腰では格好がつかぬ。

（このまま仕官できねば、仕送りができぬ……）

武蔵は、金を稼ぐために日雇いの力仕事に従事した。金ができて、それを夏の居場所に送るとき、えもいわれぬ充足感を感じる。

(俺はなにをしているのだ……)

武蔵は自問自答した。

(これが俺のやりたいことなのか。俺は、剣術がやりたかったはずだ。だが……まことにそうなのか……)

武蔵は、養父の無二斎に十手術や剣術を叩き込まれて以来、剣の道で生きる、ということに疑いを抱いたことはなかった。しかし、果たしてそうなのだろうか……。

(剣術をやめてしまおうか……)

佐々木小次郎が最期に見せたあの恨みのこもった目……あの目を思い出し、眠れぬこともあった。

(剣術はひとを不幸にする。ひとの恨みを買う。修羅の生き方だ)

しかも、船島の決闘のあと、時代が大きく動きつつあった。関が原の戦いで勝利した徳川家は豊臣家への圧力を露骨に強めた。日本の大名家の大半と君臣の礼を結び、豊臣家を孤立させようというのだ。対して豊臣家は大坂城を拠点に牢人を集め、また、豊臣恩顧の大名たちに檄を飛ばして、来るべき一戦に備えていた。

関が原の戦いのとき、養父無二斎が黒田家に仕えていた縁で武蔵は豊前にいた。そして、豊後の大友家に攻め入り、勝ちを収めたのだ。あのときはまだ十七歳で、右も左もわからなかったが、大勢の敵味方が入り乱れて殺しあう凄まじさはよく覚えている。鬨の声を挙げて突撃する足軽たちに混じって武蔵は奮戦したが、怒号と狂乱のなかで舞い上がってしまい、数人に傷を負わせただけで終わった。なにより も、昨日まで畑を耕していたであろう足軽たちが鬼気迫る形相で襲ってくることに恐怖を感じた。戦場に出ると、だれでも命知らずになる。金目当てで雇われた無数の兵士が雄叫びを上げ、目に狂気を宿して突進してくる。斬っても斬っても新たな敵が現れる。ああなってはもう、剣術の技など役には立たぬ。

ああいう大きな戦がふたたび起こるのだろうか……と武蔵は思った。関が原の役は天下分け目の合戦と呼ばれたが、此度もし戦が起こるならば、それは豊臣家を徹底的に壊滅させるための容赦ない戦いになるだろうと思われた。

佐々木小次郎という稀有な才の剣客に勝ちを得た武蔵だが、それはたったひとりを斃したにすぎぬ。関が原の戦いで死亡したものは八千人とも三万人とも言われている。勝利した東軍の大名たちには大幅な加増があった。

（武士として出世しようとするなら、一対一の試合をいくら重ねても無駄ではないのか。戦に出て勝利することが早道なのでは……）

そんな思いが武蔵の心をよぎった。

しかも、武蔵は小次郎との戦いのあと、試合を申し込んだ武芸者や道場主たちにことごとく立ち合いを断られた。

「宮本武蔵というやつはものすごく強いらしい。負けたら、うちの名折れになる」

「それに、卑怯なやつだそうだ。勝っても負けてもこちらの益にならん」

そんな会話が飛び交っているようだ。たいがいは、

「当流は他流試合を禁じておりますゆえ、お引取りください」

と丁寧ではあるがぴしゃりと拒否される。

(試合ができない剣客など、なんの値打ちがあろうか……)

旅を続けながら、武蔵はそう思った。

そして、慶長十九年、大坂の役が起こった。金で雇われた食い詰め牢人たちが全国から大坂城に集まってくる。金目当てのものだけではない。徳川に恨みを持つもの、この機にひと旗挙げようとするもの、豊臣家に大恩あるもの……大坂城はそういった連中の巣窟のようになった。

武蔵は三河にいた。大坂で戦勃発の報を耳にした武蔵は、その足で近くにあった刈谷城を訪れた。城主水野日向守勝成と面識はなかったが、そのひととなりは耳にしていた。若いころより諸国をひとりで流浪し、放逸無頼な生活を送っていたが、家督を継いでからは数々の戦功を挙げ、「鬼日向」と呼ばれるほど恐れられる猛将だという。

水野勝成は武蔵の訪問を歓迎した。ひとりでも強い侍を味方につけたいところに、

あの佐々木小次郎を破ったという男が来てくれたのだ。蓬髪にぼろぼろの着物という風体も、かつては南禅寺の山門などに寝泊りしていた勝成の目にはむしろ好ましいものに映ったようだ。かくして武蔵は水野勝成軍に加わり、徳川方として出陣することになったのである。

(ここで功を挙げれば、出世ができる。夏殿に金も送れる……)

借りものの鎧兜を身につけ、馬にまたがった武蔵は手柄を立てる気まんまんだったが、残念ながら水野軍にはさほど活躍の機会はめぐってこなかった。豊臣方は大坂城に籠城し、周囲を取り囲んだ徳川軍は無数の大筒や火矢での砲撃を行った。こうなると武蔵の出番はない。飛び交う砲弾が大坂城内の建物を大音響とともにつぎつぎと破壊していく。その凄まじい光景に武蔵は慄然となった。数百門の大砲のなかでも、海外から購入したものはとくに強力で、圧倒的な破壊力を示した。石垣が崩れ、櫓が砕け、淀殿のいる本丸御殿にも被害が及んだ。大勢がなす術もなく死んでいく。豊臣方は火縄銃で応戦するのだが、大砲のまえには無力に等しい。

武蔵はおのれの刀を見つめた。刀は火縄銃にすら劣る。大量の敵を相手にするときは、大砲の威力に如くものはない。いくら命を削る修業を重ねて剣技を磨いても、この先、役に立たないのではないだろうか。自分や佐々木小次郎がやってきたことは、無意味な自己満足の遊びに過ぎなかったのではなかろうか……。

　やがて、戦は終わり、豊臣方と徳川方のあいだに和議が成立した。水野軍は三河刈谷城に引き揚げ、武蔵はわずかな金を渡されてお払い箱になった。なんの功も挙げていないのだからしかたがないが、武蔵が期待していた仕官の話は一切なかった。侍大将の中山外記(なかやまげき)は、

「和議は成ったが、もうひと戦あるはずだ。そのときはまた腕を貸してもらいたい」

とだけ言った。武蔵も、老獪(ろうかい)な徳川家康(いえやす)がこのまま淀殿と秀頼(ひでより)を放置しておくはずがない、とは思っていた。かりそめの和議を結んだうえで、つぎこそ豊臣家を押し潰してしまおうと思っていることは明らかであった。

(つぎの戦まで待つか……)

　武蔵はそのまま三河にとどまり、力仕事に従事した。えり好みをしなければ、いくらでも仕事はあった。武蔵は得た金を水野家からもらった金とともに夏に送った。「小次郎殿の知己より」という名義で送っていたので、はたしてちゃんと当人のもとに届いているかどうかは疑わしかったが、それでも武蔵は送金をやめなかった。肉体労働の合間はもちろん鍛錬を怠らなかった。しかし、以前のように無邪気なまでに稽古に打ち込めなくなっていた。いくら強くなっても、立ち合う相手がいなければなんにもならない。今の世は剣客と剣客の死闘などよりももっと現実的な大砲と大砲の撃ち合いに焦点が移っている。

やがて、案の定、数カ月後に和議は決裂し、ふたたび戦がはじまった。二の丸、三の丸を失い、堀を埋め立てられた大坂城はもはや両翼をもがれた鳥のようであった。

(豊臣方の負けだな……)

武蔵はそう思った。

刈谷城を再訪すると、中山外記はすぐに雇ってくれた。騎馬武者の一人となった武蔵は、勝成の長男勝俊のお守り役を命じられた。今回は水野勝成軍に重要な役割が回ってきた。大坂城を八方から包囲して攻め立てるうちの奈良方面の先鋒に抜擢されたのである。武蔵は奮い立った。

水野軍はいくつかの戦いを経て、河内道明寺の合戦で名高い大坂方の武将後藤又兵衛の軍と対峙した。このとき武蔵は、みずから筆をふるった「釈迦者仏法之為知者、我者兵法之為知者」という大指物をかたわらに立てていた。小次郎のやり方に倣ったのである。武蔵が希望していたのは、なんの某と世間に名の轟いている武将と戦ってその首を取ることであった。そのためにはおのれが宮本武蔵である、と相手に知らしめておかないと、雑兵ばかりを相手にすることになる。

だが、実際に武蔵が命じられたのは残兵の処理であった。見渡すかぎり左右に続く田んぼのなかに小さな石橋があり、武蔵はそこに陣取って、敗走してくる敵軍の兵士を左右に薙ぎ倒し、川へと落とし込んだ。その獅子奮迅のありさまは見ていたであった。

ものの賞賛を浴びたものの、武蔵にとっては赤子の手をひねるようにたやすいことであった。

（これでは手柄にならぬ……）

武蔵はがっかりした。

翌日、豊臣方軍師真田幸村の率いる手勢が天王寺に陣を構えていた家康を急襲し、今一歩で槍先にかかる……というたいへんな状況において水野軍は越前松平軍とともに奮戦して茶臼山を奪い、豊臣方を粉砕した。勢いに乗った水野軍・松平軍は大坂城に押し寄せ、水野勝成は桜門に一番乗りの旗印を立てた。それを機に、何万という徳川勢が城内に殺到し、武将、雑兵、下人、女こどもにいたるまで手当たり次第に殺しまくった。しかし、若殿の護衛という任を帯びている武蔵は、勝手にその側から離れるわけにはいかなかった。そして、大坂城に突入してからは、ひとりでも多くの首を取ろうとする徳川方の兵士たちや右往左往する豊臣方の兵士たちのなかでただただ混乱するばかりだった。徳川方の雑兵たちは、大坂の町人にも容赦なく襲いかかり、刀を向け、鉄砲を浴びせ、その首を取っている。侍の首に見せかけて、ほうびをもらうためである。強者が弱者を殺すために剣を振り回している。そんな光景を見て、武蔵は慄然とするしかなかった。

（俺が長年修業してきた剣は、こんなことのために使うものだったのか……）

ちがう、と言いたい。だが、剣は所詮ひと殺しの道具、というのもまた真理なのだ。武蔵がそんなことを思ったとき、突然、天守閣から炎が噴き出した。だれかが火矢を放ったのか、城の内部に密通者がいたのか、それはわからないが、とにかく火の手はあっという間に巨大な城郭を包んだ。真っ赤な竜が巻きついたかのように燃え上がった城は、黒煙を四方から吐きながらみるみる焼け落ちていった。不落城と呼ばれた城は断末魔の悲鳴を上げていた。

（地獄の蓋（ふた）が開いたのだ……）

武蔵はそう思った。剣客としてこれまで幾たびも修羅場をくぐってきた彼だが、今、心底恐ろしいと思った。人間が人間を殺すということが恐ろしい。そうしようと思えば一度に何万人もの命を奪うこともできる。そのことがひたすら怖かった。淀殿や秀頼、武将、女官などその他大勢を封じ込めた赤い炎の地獄は、武蔵の眼前でますます大きく広がっていった。その地獄の劫火（ごうか）のなかに、武蔵は佐々木小次郎の顔をたしかに見た。小次郎は、

「今ごろ気づいたのか……！」

そういう表情で哄笑（こうしょう）していた。小次郎だけではない。はじめて武蔵が殺した有馬（ありま）喜兵衛（きへえ）、秋山（あきやま）某、京都の吉岡（よしおか）伝七郎と又七郎、鎖鎌の宍戸（ししど）某、十文字槍の奥蔵院（おうぞういん）……といった、彼がこれまでに試合で命を奪ったものたちの顔も浮かび上がった。

皆、一様に、

「ひとがひとを殺すことが怖いだと？　今ごろ気づいたのか！」

そう言って笑っていた。

大坂夏の陣は、東西合わせて二万五千人という膨大な戦死者を出して終結した。淀殿と豊臣秀頼は自害し、秀頼の一子で八歳だった国松は捕らえられ、京都で斬首され、ここに豊臣家は滅んだ。豊臣秀吉が残した財宝はすべて徳川に没収された。

水野家からのほうびは、前回と同じ額だった。武蔵が文句を言うと、

「手柄を立てていないのだから、しかたがない」

と言われてしまった。そのとおりだ。武蔵はこの戦で、豊臣方の武将たちの首級をひとつも取っていない。若殿に群がる敵兵を斬り払ったり、敗残兵を川に放り込んだりしただけだ。これでは旗指物を作っただけ赤字である。武蔵はため息をついて三河を離れた。「釈迦は仏法を知り、われは兵法を知る」という大げさな指物は、じろじろ見られるので恥ずかしくなり、途中で捨ててしまった。

（これからどうするか……）

武蔵は考え抜いたすえ、江戸に行くことにした。これまでは、剣の腕を磨き、強い相手と対戦して勝ち続ければいつかは認められ、出世できる、と考えていた。しかし、実際には戦場で何十、何百という敵兵の首を取ったほうが評価される。それより大砲の一撃で多人数を一時に殺傷するほうが軍功となるかもしれない。いくら名人と対戦して勝ったとしても、斃したのはひとりに過ぎない。無名の足軽が火をつけた大砲が放つ一発の方が大勢を殺せる……となれば、だれが剣の達人を高い報酬で雇うだろうか……。

しかも、そういう「戦」自体が当面起こりそうにない。豊臣家が滅び、ほとんどの大名家は徳川への従属を誓った。今後、戦が起きるとしたら、徳川に対して不満を持つどこかの大名が、豊臣の残党や牢人たちを集めて……ということだろうが、すぐに鎮圧されるだろう。とても今回のような「天下の大乱」にはなりそうにない。戦がなければ、武芸者の働きどころがない。働きどころがなければ名の挙げようがない。武蔵をはじめとする「剣客」が出世する糸口はほとんど断たれてしまった。

すでに「時代」は武蔵を追い越して、先へ進んでしまったようだ。あの一刀流の小野次郎右衛門忠明も新陰流の柳生但馬守宗矩も、将軍家兵法指南役という役に就き、斬り合いなど不要な場所に身を置いている。とくに柳生宗矩は三千石を拝領する大身の旗本であり、将軍家の政治顧問的な役割も務めている。

武蔵は、船頭の彦蔵の話を思い出した。たしかに、十把ひとからげの有象無象に勝ってもなんにもならない。やるならてっぺんを狙うべきではないか。武蔵は決断した。

（江戸へ行こう。そして、柳生但馬と試合するのだ）

彼は丁重な手紙を但馬守に送った。以前、立ち合いを申し込んだときには完全に黙殺されたが、それは自分がまったくの無名だったからだ。今回はちがう。自分は、あの佐々木小次郎を破った男なのだ。それなりの勇名ははせているはずである。

（断られたら、むりやりにでも立ち合ってやる！）

今回が、武芸者としての腕を買ってもらって仕官する……というやり方が通用する最後の機会かもしれない。そして、将軍家指南役に勝てば、まちがいなく武蔵の名は挙がる。大名への仕官はおろか、旗本になれるかもしれない。いや、それどころか、

（俺が柳生に代わって将軍家指南役になったりして……）

武蔵は、腹の中でいろいろと算盤（そろばん）を弾（はじ）いた。旗本になれれば、江戸に屋敷を構えることができる。そうなったら、

（夏殿を呼び寄せ、住もうてもらうこともできる……）

武蔵の胸は久々に高鳴った。

（世間のやつらは法外な夢と笑うかもしれぬが、夢はめちゃくちゃで突拍子もない方がよい）

夢を持つのは自由である。武蔵の足取りは軽かった。

◇

家康が徳川家の礎を築いてからまだ間もないというのに、江戸の繁昌振り(はんじょう)は著しかった。京大坂に比べてもはるかにひと通りが多い。武士やさまざまな商人、職人、などが大勢暮らしており、行き交うものは活気にあふれている。大坂の陣の戦勝気分もあるだろうが、長く続いた戦乱が終了したという安堵感(あんどかん)を皆が肌に感じているのだと思われた。そんななかを「剣術の試合を申し込むために江戸に来ている」武蔵は、ひとり取り残されたような気分であった。

旧縁を頼って、ある寺に逗留させてもらえることになった。寝泊りする場所が確保でき、まずはほっとした。つぎは立ち合いの申し込みである。三河から手紙を送ったが、返事はなかった。江戸に着いた旨を報せる(しら)手紙を出して返事を待つよりも、直に行った方が早い。武蔵はそう思い、柳生家の拝領屋敷を訪ねた。三千石の旗本としてはたいそう立派な門構えである。武蔵はうっとりとその門に見入った。いずれは俺も……という気持ちが湧き上がってきた。なかに入り案内を乞うと、玄関番の若侍が現れ、うさんくさそうに武蔵を見た。

「それがし、宮本武蔵と申す諸国武者修行をいたすもの。柳生但馬守殿の高名をうかがい、ぜひ一手お手合わせを願いたいと参上つかまつった。但馬殿にお引き合わせ願いたい」

「主はただいま他出中でござる。お改めくだされ」

「では、待たせていただこう」

「それは迷惑。ひとの目もござれば、一度お帰り願いたい」

「ひとの目？　それがしが玄関にいてはご当家になにか具合の悪いことでも……」

「いや、それは、なんと申し上げたらよいか……言うとお怒りになられよう」

「けっして怒らぬゆえ、申してみられよ」

「きっとお怒りになられぬか」

「武士に二言はない」

「ならば申し上げる。ご貴殿のお身なりなどが当屋敷にはふさわしくないのでござる。泥だらけの素足というのも困り申す。それに……なにやら臭いもいたす。そのような御仁に玄関におられては、ほかの来客に対して当家が困惑いたす」

「それがしの風体が汚いゆえに帰れと申すか！」

「怒らぬという約束……」

「怒ってはおらぬ」

「いや、怒っておられる。眉が吊り上がり、語気が荒く、顔が赤い」

「もともとこういう顔なのだ！　ならば、一度宿に引き取り、湯浴みをしてからふたたび戻ってまいる。それならよかろう」

「たとえそうなされたとしても、主はご貴殿とは試合はいたしますまい」

「なにゆえだ」

「それを申し上げるとまたお怒りになられましょう」

「なんだと！」

「大声を出さぬようお願いいたします。主に聞こえると……」

「なに？　主は他出中だと申したではないか。貴様、居留守を使うたな！」

「いや、それは……」

そのとき奥から中年の武士が現れた。

「恭介、なにを騒いでおる」

武蔵はその武士の人品骨柄をひと目見て、柳生但馬守宗矩だとわかった。

「こちらの宮本殿と申されるおかたが殿と立ち合いを所望ということでお越しになられまして……」

「宮本……？」

但馬守はじろりと武蔵を見た。武蔵は進み出ると、

「俺は貴殿に試合を申し込みに来た。この玄関番が、主は他出中だと申したゆえ、帰るまで待たせてもらうと言うと、汚らしいゆえ帰れと言われた。それで押し問答をしておったのだ」

但馬守は恭介というその若侍をにらみ、

「恭介！」

「は、はい」

「こういう手合いが来たときは、当流は将軍家も習うお留め流ゆえ、他流試合は禁じられている、とだけ言うて断り、草鞋銭（わらじせん）を渡して追い返せと申したであろう。たわけめ！」

そう言うと、きびすを返して奥に戻ろうとしたので、

「あいや、但馬殿、俺は草鞋銭が欲しゅうて参ったのではない。俺は宮本武蔵と申す武芸に志あるもの。ご貴殿と立ち合いたい旨の書状を送ったが、読んではおられぬか」

「さあて……拙者は上さまの相手や政治向きのことなど御用繁多で、見ず知らずのものからの手紙など読む暇がない」

「俺の名前を聞いたことはないか」

「知らぬ」

武蔵はため息をつき、

「先年、佐々木小次郎と決闘いたし、勝利した」

「佐々木小次郎ならば存じておる。良い太刀筋の若者だったが……そうか、小次郎がそこもとのような無頼の徒に負けたとはな」

「無頼の徒？」

「そうではないか。それがしは三千石の旗本で将軍家指南役だ。その屋敷にいきなり現れ、主との立ち合いをのぞむとは……。無頼の素牢人が大名の居城に参り、その大名と試合をしたい、と申したも同様だ」

そう言われるとぐうの音も出ない。だが、ここで退くわけにはいかぬ。

「では、改めてこの場で立ち合いを申し込みたい」

「断る」

「逃げるつもりか」

「そうではない。よう考えよ。貴殿は無名の武芸者、それがしは将軍家指南役。もし立ち合うてそれがしが勝ちを得ても、それがしの得にはならぬ。無名の剣客に勝った、というだけだ。そして、それがしが負けたならば、将軍家指南役の看板に傷がつく。柳生流としては大損だ。どちらに転んでも得をせぬものを、なにゆえ立ち合わねばならぬのだ」

「俺は無名ではない。あの小次郎を破ったのだぞ」

「では、ほかのだれに勝利したのだ」

「そ、それは……とにかくこれまで十度、いや、六十度勝負して一度も負け知らずだ」

「ははは……六十度も戦っていまだ無名とは、よほど弱い相手ばかりを選んできたのだろう」

腹にすえかねる言葉だったが、ぐっと我慢して、

「俺は刈谷城主水野日向守勝成殿のもとで騎馬武者として大坂の陣にも従軍した」

「ほほう……それがしは秀忠(ひでただ)公の陣にいた。そこに突入してきた豊臣方の侍三十五人のうち七人を斬り倒したが……貴殿もよほど手柄を立てたのであろうのう」

敗残兵を川に落としただけの武蔵は言葉に詰まったが、

「たかだか七人か。俺は……百人に取り囲まれたが、そのうち……」

「何人倒したのだ」

「全員だ。旋風(せんぷう)のように斬りまくってやった」

「わははは……貴殿は剣客よりも講釈師かどこかの大名家のお伽衆(とぎしゅう)にでもなるほうが出世するだろう。――とにかく立ち合うことはできぬ。帰ってもらおう。わけはさきほど申したとおりだ」

そう言うと但馬守は奥に入ってしまった。武蔵は悄然(しょうぜん)として柳生家の屋敷を辞し

た。足取りも重たく、鉛を引きずっているようだった。

（いや……このまま引き下がるわけにはいかぬ。なんのために江戸に来たのだ）

向こうに立ち合う気がないなら、むりやり立ち合うまでだ。武蔵はその日から、柳生屋敷の近くに張り込み、但馬守が出てくるのを待った。屋敷のまえはひと通りがほとんどなく、小川が流れている。少し離れたところに格好の太い松の木があり、隠れるにはもってこいなのだ。兵法指南役だけでなく、秀忠に政の助言なども行っている但馬守はほぼ毎日登城する。紋付袴姿で馬に乗り、警護の侍二名と槍持ちなど数人の小者を従えている。斬りかかることもできぬではないが、周りのものを傷つけたり、殺してしまうのは今の武蔵の本意ではなかった。

ある日、珍しく但馬守は屋敷から出てこなかった。武蔵はじっと待った。夕暮れになって、ようよう但馬守が姿を見せた。着流し姿で、しかも家僕も連れずひとりのようだ。武蔵は松の木の陰で小躍りした。但馬守はなにやら思索にふけりながらゆっくり歩いている。考えごとをまとめるための散歩のようだ。武蔵はしばらくあとをつけた。屋敷が見えなくなったあたりで、

「但馬殿、宮本武蔵でござる」

但馬守は顔を上げ、

「貴殿か。それがしは忙しいのだ。考えごとを妨げんでもらいたい」

武蔵は数歩近づき、

「ぜひ一手ご教授を……」

「このまえ申したことを忘れたか。貴殿と立ち合う気はない」

「たってお願い申す」

言いながら武蔵は両刀を抜き、小刀をまえに、大刀を後ろに構えた。

「二刀を使うのか。珍しいな。どこの流儀だ」

「円明流（えんめい）……」

「知らぬな」

「俺が名づけた」

「ははははは……やめておけ。刀は両手でしっかり構えるものだ。片手だと打ち込むときの力は半分になる。それに、二刀を持つと心が散る。一刀に気持ちを込める方がよい。二刀を追うものは一刀をも得ず、とはこのことだな」

「そう思うなら、その考えが正しいかどうか今ここで試してみろ」

但馬守は舌打ちをした。剣客としての関心から、つい話題に深入りしてしまったのだ。武蔵はじりじりと近づき、

「打ち込むときの力が心もとなければ、両腕を鍛えればすむこと。二刀を持てば、二人、三人の敵と戦うこともできる。片方の刀を捨てればすなわち一刀となる。二

刀に利あり」

「貴殿の説は頭のなかでこしらえた剣法だ。戦の場では役立たぬ」

武蔵は但馬守に斬りかかった。但馬守は左右にかわす。そのとき、

「父上、そのものは無頼漢ですか！　私がお助けいたします！」

だれかが走ってくる足音と刀を鞘走らせる音が背後で聞こえた。

「来るな、十兵衛（じゅうべえ）！」

但馬守は叫んだ。今、邪魔に入ってほしくない、と思った武蔵は振り向きざま、小刀で斬りつけた。だが、刀を振った瞬間、しまった……と思った。刀を引こうとしたが遅かった。武蔵の小刀の切っ先は、そのもの……まだ十歳にもならぬ少年の顔に届いていた。前髪立ちの少年は右目を押さえながらその場に倒れた。

「十兵衛、大事ないか！」

但馬守はわが子に駆け寄った。

「目が……目が……」

提灯（ちょうちん）を持ってあとを追ってきたらしい従僕が、少年を抱き起こして手ぬぐいで血（ち）糊（のり）を拭いた。但馬守はその従僕に、

「十兵衛を医者に連れていけ！」

そう言うと憤怒の形相で武蔵に向き直り、刀を抜いた。

「わが嫡男を……許せぬ！」

武蔵は呆然として、

「す、すまぬ。俺が悪かった。こどもとは知らなかったのだ……」

「言い訳をするな！　貴様のような貧乏牢人ものが剣の腕ひとつで出世するような時代はもう終わったのだ。いわば貴様はこの世にいてもいなくてもよい人間……無用の長物だ。この手であの世に送ってつかわす」

そう言ったあと、但馬守は空気を焦がすような猛烈な一撃を放った。飛びしさって間一髪かわした武蔵だが、

（強い……）

将軍家指南役だけのことはある。佐々木小次郎も及ばぬであろう。二撃、三撃、四撃……と但馬守の凄まじい豪剣が続けざまに武蔵を襲った。武蔵は戦う意志を失っており、腕をだらりと下げて後ろへ後ろへと下がっていく。やがて、彼は松の木に追い詰められた。

「わが子の仇だ。覚悟せよ」

観念した武蔵は両刀を手放し、目をつむった。

「きええいっ！」

裂帛の気合いとともに剣が振り下ろされる風音が聞こえた。

しかし、なぜか頭に激痛が走ることはなかった。武蔵はしばらくそのままの姿勢でいたが、なにごとも起こらない。おそるおそる目を開けると、そこには信じられない光景があった。道も川もなにもない。但馬守もいない。かわりに真っ赤な炎が一面にごうごうと燃えていた。あのときの……大坂城落城のときのようだ。

（地獄……）

自分はすでに死んで、地獄に来たのだ、と武蔵は思った。見渡す限り、炎とどろどろに溶けた岩があるだけの無残な景色だ。強い硫黄の臭いが鼻を突く。はるか遠方には不気味な形の山が連なり、噴火を繰り返していた。溶岩はそれらの山々から流れているのだ。

ふと気づくと、頭上に剣が浮いていた。但馬守の振り下ろした剣だ。それは空中で静止していた。一本の長剣が下からすくい上げるようにその刀を受け止めていた。その剣に武蔵は見覚えがあった。武蔵が振り返ると、そこには佐々木小次郎の姿があった。彼の周囲には無数の燕が飛び交い、小次郎の全身をつついていた。小次郎は血だらけだった。

「武蔵……おまえに今死なれては困るのだ……」

「なに？」

「夏を助けられるのはおぬししかおらぬ。それゆえ一度だけおぬしを救うてやる」

「どういうことだ」

「おまえは本来ならば柳生但馬守に斬り殺されたはずだ。それを救うために、おまえを一旦べつの世界に飛ばす」

「なにを言っておるのだ」

「いいから聞け。その世界から戻ってくる法を拙者は知らぬ。だが……なんとしてでも戻ってきて、夏を助けてやってくれ……頼む……」

よくは見えなかったが、小次郎の背後には、まだ何人もの剣客が立っているようだった。それは、有馬喜兵衛や秋山某や吉岡伝七郎など、彼がこれまで勝負において斃してきたものたちのように思われた。

「さあ……行け、武蔵」

小次郎の姿がぼやけた。武蔵の視界が一瞬黄色く染まり、そのあと闇に閉ざされた。全身をあらゆる方向からなにかが摑み、激しく引っ張っているような感覚……それがどんどん強くなり、しまいには身体がばらばらになった。武蔵は無数の粒子に切りほどかれたまま「時」を超えた。

◇

どさっ……と武蔵は地面に投げ出された。目を開ける。彼は、路上に寝ていた。

（俺は……死んだはずだ……）

頭に手をやる。傷ひとつついていない。

（小次郎が言うていたのはまことだったのか。あいつに助けられたのか……）

立ち上がろうとしたが、足に力が入らない。しばらくもがいているうちに、ようやくなんとか立つことができた。腕を振り回してみたが、上手(うま)く動かせない。まるで別人になったみたいな気分だ。よろよろと歩き出す。数歩歩んでは立ち止まり、また数歩歩んで立ち止まることを繰り返す。

（どこかに杖(つえ)はないか……）

そう思ったとき、後ろからなにかがぶつかり、武蔵は転倒した。不細工にも顔から地面に突っ込んでしまった。天下の剣客が……情けないにもほどがある。

「ご、ごめんなさい！　本を読んでいたものですから……本当にすみません」

若い女の声だった。顔を向けてみて、武蔵は驚愕(きょうがく)した。

「夏殿……！　夏殿ではござらぬか！」

本を持ってそこに立っていたのは、佐々木小次郎の妹、夏だった。

「どうして私の本名をご存知なのですか？　ご近所のひと……ではありませんよね……」

夏は武蔵に駆け寄ると、

「お許しください。頭から血が出ています。私のせいですよね」

「いや……気になさるな。それよりもこのようなところで夏殿にお会いできるとはまさに天の引き合わせだ。そのご様子ではご病気は治られたのか。なんにしてもよかった」

武蔵は立ち上がろうとしたが、足がふらついてまたその場に倒れた。

「倒れた拍子にどこかお打ちになられたのですね。私が悪いんだからなんとかせねば……。ああ、どうしましょう——すぐにお医者の先生を呼んでまいりますから……あ、いや、まずはうちにお連れした方がいいかも……」

「うはははは、なんのこれしきの傷。それより俺は、そなたの兄佐々木小次郎殿に危ういところを助けられたのだ」

「佐々木小次郎が私の兄？　あはははは……変なご冗談をおっしゃいますね」

「冗談ではない。柳生但馬守に斬られかけたところを亡き小次郎殿が救うてくれたのだ」

夏の顔におびえたような色が浮かんだので、武蔵はあわてて、

「亡きものに助けられた、というのはご不審に思われるかもしれぬが、まことのことだ。小次郎殿は……」

夏は武蔵の風体をちらと見て、

「失礼ながら、あなたさまはおこもさまではございますまい。ご職業はなんでございましょうか」

「ゴショクギョウ、とはなんのことだ」

「お仕事でございます」

「夏殿もよう知っておられるはず……俺は剣客だ」

「ケンカク？　ああ、剣客。士族の商法が上手くいかなかったのでございましょうか。うちも同じです。父が亡くなって以来、ずっと貧窮が続いておりまして……」

そこへ五、六人の男たちが通りかかった。着物を着てはいるのだが、頭髪の形がおかしい。髷を結うているものはひとりもおらず、皆、罪人のように短い髪型にしている。妙な形をした丸い笠のようなものをかぶっているものもいたが、だれも気にする様子はない。刀を差しているものはいない。全員町人、ということだ。着物のうえから分厚い布でできた長い蓑のようなものを羽織っているものもいた。足には下駄を履いている。

そのうちに南蛮人のような奇抜な格好をした男ふたりがやってきた。着物は筒袖で、胸の部分を紐ではなく丸い貝殻のようなもので留めている。筒のように真っ直ぐの袴を穿き、頭にはやはり丸くて縁のある笠を載せている。武蔵は仰天して夏に、

「あれはなんだ」

「あれ、とは……？」

「あの着物だ。見たことがない」

「ズボンにシャツとチョッキがそんなに珍しゅうございますか。田舎ならともかく、ここは東京ですから、洋装のかたも大勢おられます」

「ヨウソウ……？」

どうも話が噛み合わない。武蔵が周囲を見回していると、いかめしい八の字髭を生やした、黒い「洋装」の男が近づいてきた。腰にはやけに細身の剣をぶら下げているが、武蔵の目から見ると隙だらけだった。

「あーん？　貴様、怪しいやつだのう。汚らしい身なりで顔が血だらけではないか。身分と姓名、所番地を言え」

武蔵は男をにらみつけ、

「ひとに名をたずねるならば、おのれが先に名乗るが礼儀であろう」

「はあ？　貴様、警察に対してなんちゅう口のきき方だ！」

「刀を持っておるところを見ると侍か」

「さ、侍だと？　そんなものはとうにいなくなっとる。貴様、もしや新政府に楯突く徳川家の残党ではあるまいな」

わけがわからない。

「早う身分と姓名、所番地を言わんか。さもないとポリス小屋にしょっぴくぞ」

「俺は武士だ。作州牢人宮本武蔵。トコロバンチというのはなんのことだ」

男は八の字髭を怒りに震わせ、

「本官をからかっておるのか！　許せん！　どうせ博打打ち（ばくち）か宿無しのごろんぼうであろう。おまえのようなやくざものが東京にいると、庶民が迷惑する。わしと一緒に警察へ来い！」

武蔵の手を摑もうとしたのを、夏があわててあいだに入り、

「すみません、このひとは私の知り合いです。宮本武蔵が好きすぎて、ときどきこういうことを言うんです」

「なに？　頭がいかれとるのか」

「はい……私がきちんと家に連れて帰りますから、どうぞお許しください」

警官も、若い女に下手（したで）に出られては強くも言えず、

「おまえが面倒を見るというのなら、まあ、仕方がない。今日は見逃してやるが、今度またこのあたりをうろついていたら逮捕するぞ。わかったな」

夏は何度も警官に向かって頭を下げた。武蔵は、

「夏殿、あのような輩（やから）に頭を下げることはない。刀さえあればただちに斬り捨てて

「……」

「ぶっそうなことをおっしゃらないでください。それに、警察をからかったりしてはいけません。どんな怖い目にあわされるか……」

「からこうたりしておらぬ。宮本武蔵が好きすぎるとなにゆえ頭がいかれていることになるのだ」

夏は笑いながら、

「だって、宮本武蔵も佐々木小次郎も二百五十年以上もまえのひとでしょう？　私、寄席(よせ)で聞いたことがありますよ、巌流島(がんりゅうじま)の戦いのこと……」

夏がそこまで言ったとき、

「どいた、どいた、どいたあっ！」

漆塗りの笠をかぶり、股引(ももひき)をはいた男が怒声とともに現れた。彼は武蔵が見たことのない乗り物を引っ張っていた。

「夏殿、危ないっ！」

武蔵はそれが未知の怪物のように思え、飛びしさって夏をかばった。そして、乗り物に向かって突進しようとした。

「いけません！」

夏の一声で武蔵は立ち止まった。乗り物は砂埃(すなぼこり)を上げながら去っていった。

「今のは……なんだ」

「あれは、ただの人力です」

「ジンリキ？」

「ともかくもうちにお連れしたほうがよろしかろうと存じます」

「そ、そうか……わかった」

武蔵はうなずいたあと、はじめて夏の顔をまじまじと見た。

「そなた……夏殿ではないな」

そっくりだが、目のまえにいる女はすでに二十歳をいくつか過ぎているだろう。

「私は夏子」

「夏子……？」

「ええ。――私が夏ではない、というのは、私のもうひとつの名前のことをおっしゃっておいでですか？」

「もうひとつの名前……？」

「はい。私のもうひとつの名前は、樋口一葉と申します」

女はそう言って武蔵を見つめ、まばたきをした。

第二話　武蔵、剣を捨てる

見るもの聞くものすべてが武蔵の理解を超えていた。行き交う男性はだれひとり髷を結っておらず、刀も手挟んでいない。南蛮風の妙な衣服を着、真ん中の尖った烏帽子をかぶったものもたまにいる。南蛮人かと思って顔を見ると、ただの日本人なのだ。ジンリキとか称する奇怪な乗り物があちこちを走り回り、道の両側には一定の間隔で高い柱が立てられ、何本もの長い紐でつなげられている。数は少ないが、南蛮寺院のような建物も見受けられる。しかも、耳に入ってくるひとびとの会話のなかに、ステンショだのシャッポだのポリスだの……といった聞きなれぬ言葉が混じっている。

（もしかしたらここは異国なのか？　佐々木小次郎は俺を、一旦別の世界に飛ばす、と言うていた。俺は葡萄牙か阿蘭陀あたりに来てしまったのかもしれぬ。だが……身なりはともかく顔も言葉も倭人のようだが……）

武蔵は油断なく左右に目を配りながら、夏子について歩いた。夏子はそんな武蔵の気持ちも知らぬげにすたすたと数歩まえを行く。

「ここはどこなんだ」

たまりかねた武蔵は夏子に声をかけた。

「どこ、と言いますと……？」

「日本なのか異国なのか、どっちだ」

夏子は口に手を当てて笑い、

「日本に決まってるじゃありませんか」

「しかし……皆、格好が奇抜だし、刀を手挟んでいるものもおらぬようだ」

「廃刀令が出ましたから、軍人さんやポリスのほかは刀を持てぬのです」

「な、なに……？　刀を持てぬとは……侍はどうなるのだ」

刀を所持できないとしたら、武蔵のような剣客には死活問題である。

「それに……髷を結うているものもおらぬ」

「半髪頭を叩いてみれば因循姑息の音がする。総髪頭を叩いてみれば王政復古の音がする。散切頭を叩いてみれば文明開化の音がする……と申しますでしょう」

「なんだ、それは？」

「ご存知ありませんか？　戯れ歌ですがよく流行りましたよ」

「なんのことだかわからん」

夏子は呆れたように、

「失礼ながらよほど田舎から出てこられたのですね。髷にこだわっていつまでも月代を剃っておられるかたもいらっしゃるようですが、それでは文明開化に取り残されてしまう、という意味です」

「文明開化？」

「文明開化も知らないのですか？　ご一新のことです」

「ご一新？」

夏子は笑い出した。

「さすがに私にもわかりました。あなたさまは私をからかっておいでなのですね。悪いご冗談です。ご一新を知らないひとが日本にいるはずがありません」

「それが、ここにいるのだ」

「おほほほ……まるで本物の宮本武蔵みたい」

「さっきの男にも申したとおり、俺の名は宮本武蔵政名だ。本物も偽物もない。俺は武蔵なのだ」

「ですから宮本武蔵は二百五十年以上もまえのおひとです。今生きていたら三百歳を超えていますよ」

「さっきからなにを申しておられる。武蔵が二百五十年以上まえの人間だと？」

「はい。徳川時代の、それもはじめのころのおひとだと思います」

「夏……子殿、今なんと申された。徳川時代だと？　では、今は徳川の御世ではないのか？」

夏子は不審そうに武蔵を見やり、

「もちろんです。徳川家はなくなりました。まさかそれも知らないとおっしゃるのではないでしょうね」

「では……では、だれが今、この国を統べておるのだ」

「王政復古によって、帝が王になられました」

「朝廷か……」

ようやくおぼろげにわかってきた。

（佐々木小次郎は俺をべつの国に飛ばしたのではない。何百年も後の世界に送り込んだのだ。つまり……俺は時を超えたのだ……）

武蔵は愕然とした。

（町の様子、ひとびとの装い……まちがいない。それに、徳川家に替わって帝が日本の王……武蔵も小次郎も二百五十年以上まえ……）

あまりに多くの情報が一度に押し寄せてきたせいか、武蔵の頭は混乱し、気分が

悪くなった。もともとふらついていたのが、とうとう立っていられなくなり、

「夏子殿、すまぬが少し……休んで……」

そう言いかけたとき、

「着きましたよ。ここが私の家です」

目のまえに古びたしもた屋風の家があった。

「母と妹がおりますが、お気になさらぬよう……」

そう言いおいて、夏子は家に入った。

「ただいま帰りました。お客さまを……」

家のなかから、

「なにやら臭いですね。汚い野良猫でも入り込んでおりませぬか」

武蔵は赤面した。夏子はあわてて、

「お母さま、失礼ですよ。お客さまがいらっしゃっているのです。私の不始末で、少しお怪我をさせてしまいましたのでお連れしました」

「なに？　それを早く言いなされ。とんだ恥をかきました。お客さまのことを申したのではございません。きっと近所で安いイワシでも焼いておるのでしょう」

言い訳を口にしながら中年女が飛び出してきたが、雲突く長身にぼろをまとった男にぎょっとしたのか、蒼白（そうはく）になって立ち止まった。武蔵は、

「いや、近頃ちと訳あって野宿することが多くてな、衣類に汗や泥が付いたまま洗うておらぬゆえ、臭うのもあたりまえだろう。――夏子殿、俺はこれで失敬する」

失言を悔いているようで、夏子がなにか言う先に中年女が、

「なにをおっしゃいますやら。わたくし、夏子の母の多喜と申します。さあさあ、お上がりになって……夏子が怪我をさせたとか。大事なければよろしいが……」

「どうということはない」

「お医者に診せなければなりませぬか？　今、うちにはあまりお金がなくて……ああ、お役人にはどうかご内密に……」

「お気になさるな。俺はすぐにでも帰るつもりだ」

「いえ、それではわたくしどもの気がすみませぬ。その汚れた着物をお脱ぎなさい。くに……くに、あなたも手伝って……」

奥から若い娘が現れて、左右から取り付いて着物を脱がそうとする。

「いや、それは困る。困ると申すに……」

とうとう武蔵は下帯一枚にさせられた。夏子は武蔵の裸体を見て、

「まあ……いいお身体ですこと。よほど鍛えてらっしゃるのね。それに、あちこちにたくさん傷があって……」

多喜が、

「なんです、夏子。殿方の裸をじろじろ見るものではありませんよ、はしたない」

「すみません。でも……見れば見るほどまことの宮本武蔵のようで……」

　くにと呼ばれた若い娘が、

「姉さん、なにを言っているの？」

「このお方は、宮本武蔵と名乗っておられるのです。これで刀を差せば、立派に歌舞伎の武蔵役が務まります」

　多喜が、

「なにを馬鹿なことを言っているの。――私は表でこれを洗ってきます。下帯も洗ってさしあげたいところですが、そうなると丸裸になりますから、それはご自身でお洗いくださいまし。くに、あなたはお茶をお出しして……」

　武蔵は当惑顔で、

「その着物を返してくれ。お手間をかけるのは申し訳ない」

　多喜は着物を抱えたまま放さず、

「当家は今、食べるための方便に洗い張りや縫いもの、洗濯などをして暮らしを立てております。このような着物の一枚ぐらい洗うのは手間でもなんでもありません」

　そう言うと、外に出ていった。くには台所で茶を淹れる支度をはじめた。武蔵は頭髪を掻きながら、

（どうも妙なことになった……）

内心そう思っていた。はじめて会った若い女と向かいあって座っている。しかも、こちらは裸なのだ。なにから話してよいかわからず、じっと黙っていると、

「頭の怪我を見せていただきます」

夏子は立ち上がり、濡らした手拭いで武蔵の額の血糊を拭いた。

「あ……ほんの少し切れただけです。よかった……。これならお医者さまに診せなくても、うちにある膏薬をつければすぐに治ります。――でも、ほかにも傷があるかもしれませんよね」

夏子は武蔵の後ろに回ると、指で頭髪を掻き分けはじめた。くすぐったくて、武蔵は笑いそうになるのをじっと耐えた。

「大丈夫。ほかにお怪我は見当たりません。えーと……膏薬はどこに……」

探しにいこうとする夏子の手を武蔵はつかんだ。

「膏薬などどうでもよい。それより夏子殿……ご教授いただきたいことがある」

「は、はい……なんでしょうか」

「そこに座って、俺の話を聞いてくださらぬか」

「身の上話をなさりたいのですね。――ええ、うかがいましょう。私はこう見えて、ひとさまの身の上話をお聞きするのが大好きなのです」

夏子が武蔵を見つめる目は好奇心にあふれていた。

「夏子殿……信じられぬかもしれんが、俺はまことの宮本武蔵なのだ。いや……宮本武蔵という人間がふたりいるなら別だが、俺は播磨の生まれで武芸をもって身を立てている宮本武蔵という名の男だ。柳生但馬守に勝負を挑み、まさに斬り殺されんとしたところを佐々木小次郎の魂が霊力をもって救うてくれた。別の世界に飛ばす、と小次郎は申しておったが、どうやら俺は時を超えてしまったようなのだ……」

そこまでしゃべったとき、武蔵は目のまえの夏子がきょとんとした顔をしていることに気づいた。武蔵は下を向き、

「うむ……そうだろうな。信じてもらえるはずがない。俺にもまだまことのこととは思えぬほどだからな。だが……そなたが申した『宮本武蔵は二百五十年以上まえのひと』という言葉がまことであるならば、俺が数百年の歳月を飛び越してしまったことは間違いないのだ。――まあ、よい。邪魔をしたな。洗濯が終わったら出ていくゆえ、安堵いたせ」

「いえ……そうじゃないんです。あまりにも突飛な、面白いお話だったので感心しておりました。あなたさまの方が私などよりもずっと小説家の才をお持ちです」

「小説家？　なんだ、それは」

「お話を書いて、ひとに読んでいただくお仕事です。私の小説家としての筆名が樋

口一葉というのです」

「うーむ……それは『平家物語』や『将門記（しょうもんき）』のようなもののことか」

「そういう軍記ものも小説ですが、私が書いているのはたとえば『源氏物語』のようなものです」

「ああ、なるほど。そういえば紫式部（むらさきしきぶ）も女だな」

よくはわからなかったが武蔵はなんとなく納得した。

「時を超える、などというのは私ごときでは思いつかないすばらしい発想です。宮本さまは小説家になればよいのに……」

「思いつきではなく、俺の身に起きたありのままを申しておるだけだ」

「でも、きっと喜ばれます」

「夏子殿は、だれかの頼みでその……小説を書いておられるのか」

「頼みと申しますか、雑誌社から注文を受けて、仕事としてやっているのです。書いたものを渡すとお金をいただけます。雑誌社はそれをこういう……」

夏子はかたわらにあった『文藝倶楽部（ぶんげいくらぶ）』という書物を開き、武蔵に示した。そこには「十三夜」という題名と「樋口一葉」という著者名が記されていた。

「これは……変わった刷り物だな」

「活版印刷です」

「カッパ……？　あの、頭に皿があるという妖怪か」

ちょうど茶を運んできたくにが思わずぶーっと噴き出した。夏子は手を左右に振って、

「カッパではなくて活版……文字をひとつひとつ鉄でこしらえて、それを組み合わせて刷り物にするのです」

「面白いものだな。これを夏子殿が書かれたのか」

「はい。『十三夜』といって、ある娘が結婚相手があまりに無慈悲ゆえ、こどもを捨てて実家に戻ろうとする、というお話です」

「ふうむ……俺は女子の気持ちはわからぬし、いつどこで果てるかわからぬ身ゆえいまだ独り身だが、そういう夫婦がおるのだな」

「いえ、これはただの嘘話です。そういう夫婦がいるかどうかは知りません。私も独り身ですし、もちろんこどももおりませんから、すべては想像で書いたのです」

「嘘話……？　嘘を書くのか。『平家物語』などは嘘ではないと思うが……」

「『源氏物語』や『竹取物語』は嘘でしょう。光源氏というひともいないし、月から来た姫もおりませんから」

「む……なるほど……」

武蔵は腕組みをした。

「ならば、面白い嘘を皆は喜ぶ、ということか」

「はい。その嘘が真実のうえに立脚しておれば、ですが」

「そのように申される夏子殿でも、俺が二百五十年以上の時を渡ってきた、とは信じられぬのだな」

それまで黙って聞いていたくにがげらげら笑い出した。

「これ、くに。笑ったりしてはいけません」

「でも、お姉さま……二百五十年以上まえから来ただなんて……あはははは……」

「あっちへ行って、針仕事でもしていなさい」

くには膨れっ面で部屋の隅に行った。夏子は武蔵に向き直ると、

「はい。武蔵さまのお話、にわかに信じることはできません。時というものは過去から未来へと定まった速さで流れるものでしょうから」

「…………」

「ですが……信じたいという気持ちはございます。私は今ではこのような貧窮した暮らしをしておりますが、昔……父が生きていたころはもっとゆとりのある生活ぶりでした。あのころに戻れたらどれだけうれしいか……時を超えて、あの時代に帰りたい……いつもそう夢想しています」

「俺が時を超えられたのだから、夏子殿にもできるかもしれぬ」

「できますまい。私がもしあのころに戻ったとしたら、私がふたりいることになってしまいます。ですから、そんなことはただの夢です。でも……」

「でも……？」

「文明開化によって、そういう仕掛けが発明されるかもしれません。きっと高くて買えないでしょうけど……」

武蔵は、夏子が彼の話を頭ごなしに否定しなかったことに救われた思いだった。

「さきほどから夏子殿の申しておられる文明開化とやらだが、なんのことだ。それに、今は徳川家の天下ではなく、帝が政を行っている、と申しておられたな。そのあたりのことを教えてくれぬか。つまり……俺の知らぬ数百年の空白を埋めてほしいのだ。俺がこの世界で生きていくために、な」

夏子は無言でじっと武蔵の目を見つめた。かなりの時間が流れた。しばらくしてから夏子はホーッと長いため息をつき、

「いつ武蔵さまが笑い出して、すまんな、今までのはなにもかも冗談だ、と言い出すのではないか、とお待ちしておりましたが……そのようなこともなく、あなたさまの目はずっと真剣なままでした。わかりました……まだ半信半疑ではありますが、私でお役に立てるならその空白を埋めてさしあげましょう」

「おお、すまぬ！」

そのとき、表から多喜が戻ってきた。

「洗濯が終わりました。外に干しておりますが、今日は幸いカンカン照りゆえすぐに乾くでしょう。いましばらくお待ちくだされ。それにしてもしらみだらけで……」

そこまで言って、ハッと気づいて口を押さえ、

「くに！　くに！　お茶だけお出ししてどうする。なにかお茶受けを出しなさらぬか」

「でも、お母さま……お菓子もなにもございませぬ」

「漬けものがあったろう。少しは気をきかせなされ」

多喜は、娘が怪我をさせたことを役人に届けられては困ると思っているのか、なにかともてなそうとするが、今の武蔵にはかえって迷惑だった。

「ご母堂、俺はいま少し、夏子殿と話をしたい。それだけだ。どうか放っておいてくれ」

「それではあまりに愛想がございません」

「よいのだ。──夏子殿、まずうかがいたいのは、なにゆえ徳川の天下は覆ったのか、ということだが……」

「はい。徳川将軍は十五代まで続いたのですが、亜米利加(アメリカ)の船がやってきて日本を開国させました。そのことで薩摩(さつま)や長州などが帝を奉じたてまつって反乱を起こし、ついには徳川家を滅ぼしてしまったのです」

「なんと……」

「最後の将軍は朝廷に大政を奉還して、今は帝……天皇がこの国の政を行っておいでです。江戸は東京と名前が変わり、天皇は今、東京におられます。異国からさまざまな文化が一度に流れ込んできて、わずかのあいだに日本は大きく変わってしまいました。それを文明開化というのです」

　文明開化という言葉を口にしたとき、夏子の表情がやや曇ったように武蔵には思えた。

「大名家というものもなくなりました。県というものが置かれ、中央から任命された知事というものが領主に代わって政を行うようになったのです。大名に仕えて俸禄(ほうろく)をもらっていた家臣たちも、一部は新政府に雇われましたが、多くはちりぢりです」

　多喜は不審そうに夏子を見、

「夏子、おまえはなにを言っておいでかえ。そんなこと、こちらさまも百も承知だろうに……」

「お母さま……このお方は長いあいだ田舎で暮らしておられたので、なにもご存知ないのです」

「でも、もうご一新から三十年近くも経っているのに……」

多喜は首を傾げたが、くにとともに針仕事をはじめた。夏子は武蔵に向かって続けた。

「侍とか武士とかいう身分ももうありません。武士は士族、公家は華族、そのほかは平民という扱いになりましたが、士族だからといって政府がお金をくれるわけではないのです。武士だったものたちは、皆、おのれの才覚でなにか仕事を見つけて食べていかねばならず、士族の商法といって、慣れない商売をはじめた元武士たちのほとんどが失敗して没落しました。私どもも士族の出ですが、父は商売をはじめようとしてお金をだましとられ、失意のうちに亡くなりました」

「ひどい話だな……」

「それに、先ほども申しましたが、新政府は廃刀令を出して、士族の帯刀を禁じました。魂を奪われることによって、侍というものも消滅しました」

「なにゆえ帯刀がいかんのだ」

「刀を持ち歩くのは野蛮であり、殺伐とした気運を高める……ということのようですね」

「うーむ……」

武蔵の困惑は頂点に達した。

（これはえらいことだぞ……）

武蔵は剣客である。刀を振るい、命がけで試合をし、勝ち続けることで今のおのれを作り上げてきた。刀を持ってはいけない、と言われたら、それは死の宣告と同じである。

（剣を取り上げられたら、俺は俺でなくなる。ずっとこの世界にとどまらねばならぬとしたら……どうすればよい……）

野蛮、という言葉も堪(こた)えた。たしかに戦場で無闇とひとを殺しまくるのは野蛮の誹(そし)りを免れまい。だが、上泉伊勢守(かみいずみいせのかみ)や伊藤一刀斎(いとういっとうさい)、塚原卜伝(つかはらぼくでん)、柳生石舟斎(せきしゅうさい)……といった先人がその野蛮なひと斬りの技を「道」にまで高めていったのではなかったか。武蔵や小次郎もその流れに連なっているのだ、と自覚していた。それなのに……。

「切支丹(キリシタン)も解禁されました」

夏子の言葉で我に返った。

「切支丹も許されたのか……」

「はい。ご一新間もないころは新政府が神道を国教と定めたので、仏教を激しく排斥(はいせき)する運動が起こりましたし、切支丹も邪宗門として禁じられましたが、今ではどんな宗教でも自由に信仰することができます」

「それはよいことだ。だが、俺は、神仏は尊ぶが神仏に頼ったことはない」

そのほか、夏子は文明開化によっていかなる変化が生じたかについて滔々と語った。蒸気の力で動く巨大な船、同じく蒸気の力でうごく「汽車」という乗り物、どんな遠い場所にでも一瞬で情報を届ける電報、どんな遠いところの人間とも話ができる電話……。実物を見ていない武蔵にはとても信じられないことばかりだった。

「明かりも蠟燭や行燈に代わってガス灯というものになり、月のない晩でもひと晩中明るいのです。しかも、近頃は公園などに……」

武蔵は夏子の言葉を聞いて顔をこわばらせた。

「悪党だと?」

「悪党ではありません。アーク灯……電気の力で光るので強い風が吹いても消えないのです」

「電気とはなんだ」

「私もよくは存じませぬが、雷のようなものだそうです」

「うーむ……蒸気に雷か。俺にはついていけぬ」

「なかには頑迷で、時代の変化を拒み、いつまでも髷を結い、刀の代わりに棒切れを腰に差しているひともまだまだおります。それがさきほどの『半髪頭を叩いてみれば因循姑息の音がする。総髪頭をたたいてみれば王政復古の音がする。散切頭をたたいてみれば文明開化の音がする』……という歌につながるのです。でも、二刀流を発明したあなたさまのように頭の良いお方なら、そのうちに慣れてしまいます」

「そうだろうか……」

「きっと大丈夫です」

武蔵は腕を組み、しばらく考えていたが、

「もうひとつうかがいたいのだが……」

「なんでもおききください」

「俺が二刀流の開祖と申されたが、二百五十年以上を経た今でも宮本武蔵の名が残っているのはどういうわけだ」

「宮本武蔵は有名ですから……」

「有名……？」

「はい。父親の仇討ちをしたのです。武蔵の父親は佐々木小次郎という悪い剣士に殺されたのですが、武蔵は巌流島でその仇を見事に討ったそうです。お芝居や講釈にもなっていますよ」

武蔵は呆れて、

「俺の父親は佐々木小次郎に殺されたわけではないし、俺が小次郎と戦ったのは仇を討つためではない」

「でも、そういう風に聞きましたよ」

「何百年も経てば話も変わって伝わるのだろうが……まあ、名が残っているのは悪い気持ちはせぬな。武蔵は、ほかにはどのようなことをした？」

「さあ……私が知っているのはそれぐらいです。寄席で武蔵の講釈をやっていたら一度聞いてごらんなさい」

そのとき、多喜が武蔵の着物を持ってきて、

「すっかり乾きましたよ。さ、どうぞお召しになってください」

武蔵は洗いあがったばかりの衣服に袖を通し、帯を締めた。汗や脂の臭いは一掃され、かすかな糠（ぬか）の匂いが鼻をくすぐった。

「あとは、ご自身で行水でもなさいまし」

「いかい造作をかけた。礼を申す」

武蔵は三人に頭を下げると出ていこうとした。夏子があわてて、

「どちらへ行かれるのです」

「どこという当てはないが……」

女三人の住まいに厄介になるわけにもいかぬではないか。住まいが見つかるまで土間の隅にでも寝起きさせてほしい……と強引に頼み込めば、あるいは叶ったかもしれないが、それは武蔵の倫理観が許さなかった。

「せめて、今日のお宿探しをご一緒させてください。落ち着き先が決まったら、私も安堵できます」

「そう言われても……」

いきなり数百年後に来て、落ち着き先などあろうはずがない。

「俺には金もない。もちろん知り合いもない。ないない尽くしなのだ」

「お金をご用立てしてさしあげたいのですが、私どもも今、手元不如意なのです」

そのことは、この家に入ってすぐにわかった。調度らしき調度がほとんどないのだ。畳はごわごわに擦り切れ、襖（ふすま）も障子も長年張り替えた跡がなく、幾重にも紙で繕ってある。小さな木の机がひとつ置いてあるが、どうやらそれは夏子が小説を書くときに使うものらしかった。その向こうに窓があり、小さな池が見えた。

とにかく時を超えてきたばかりの武蔵の目にも、この家は貧窮きわまる暮らしぶりに映ったのだ。

「忙しいなか、俺のためにいろいろ教えてくれて助かった。これだけしてもらえれば十分だ。あとはおのれでなんとかしよう」

「ですが……あなたはまだ今の世の中のことをご存知ありません。さっきのポリスとのいざこざのようなことがまた起きるのではと心配です」

「ポリスというのは南蛮服を着て八の字髭を生やした男のことか」

「はい。町奉行所の役人のようなものです。居丈高で乱暴で、すぐに怒鳴り散らします。私の父も一時はポリスとして働いておりましたが、同僚たちのことを『庶民を下に見ている』と言っていつも怒っておりました。ですから、わからぬことをポリスにたずねても無駄です。威張るばかりでなにも教えてくれません」

「夏子殿にご教授してもろうたゆえ、だいたいのことはわかった。気をつけて歩くようにする」

「教えたといっても、実際に見たり触れたりするのとはちがいます。戸惑ったり、悶着に巻き込まれたりしないように案内してさしあげたいのです」

「ははは……いくら世の中が変わったとはいえ、ここは日本で日本人が住んでいるのだろう。なんとかなる」

「そうですか……。では、これ以上強いては勧めますまい。早く落ち着き先が見つかるよう祈っております。なにか厄介なことになったら、遠慮せずすぐに戻ってきてください。それと……住処が決まったらかならず私に教えてくださいませ」

武蔵は、見ず知らずの人間に親身になってくれることがありがたかった。

「夏子殿……なにゆえ今日会うたばかりのものにこうまで親切にしてくれるのだ。ぶつかってちょっと額を擦りむいただけだ。あれも俺が悪いのだ。剣客ならば避けて当たり前だからな」

すると、多喜が口を挟んだ。

「これが江戸っ子の情ってやつですよ。私は甲斐(かい)の国から若いうちに出てきたのですが、この子は東京生まれの東京育ち。今日会ったばかりのひとにも親切にするのが心意気です」

夏子も、

「袖振り合うも多生の縁と申します。こうしてお会いして、お着物を洗ってさしあげたのもなにかの縁ですから……」

「そうか……」

武蔵は目頭が熱くなった。そして、夏子との縁をこのまま断ち切りたくない……と思った。

（俺がこの家を出たら、このお方との縁は切れる。おそらくふたたび会うことはあるまい。ならば……）

武蔵は立ち上がったあと、なにげない口調で、

「あ、そうだ。もしよかったら、その本をしばらく貸してはくださらぬか」

そう言って、雑誌『文藝倶楽部』を指差した。

「これを、ですか？」

「うむ。夏子殿の小説とやらを読んでみたいのだ」

本当は読みたいわけではない。なにか接点が欲しい……ふたたび会うための口実を作りたい……そう思っただけなのだが。

「うれしゅうございます。では、お貸しいたしますが……これも読んでみてくださいませんか」

そう言って差し出したのは、紐で製本した紙の束だった。

「『文学界』という雑誌に七回にわたって載せたものの抜き刷りを一冊にまとめたもので、私が一番気に入っている作品です」

「ほう……なんという外題かな」

「『たけくらべ』と申します」

武蔵はそれらを受け取って、ふところに入れた。

「落ち着き先を知らせにまいるときにお返しいたす。念のため、このあたりの町名をお教え願いたい」

「本郷区丸山福山町(ほんごうくまるやまふくやまちょう)です。お忘れなさいますな」

「では、これにて……」

出ていく武蔵の背中に、多喜が言った。

「下帯を洗うだけではなく、行水もしなされや」

武蔵は歩きながら苦笑いを浮かべた。

◇

夏子の家に来たときと今とでは、同じ景色とはいえまるでちがって見えた。おのれが二百五十年以上まえの人間であることを今は知っているのだ。歩いている男女の風体が奇妙であることも納得して眺めることができるし、道の端に立ち並ぶ木柱が電信柱というものだ、ということも理解できている。頭でわかってしまえば、なにも怖れることはない。この時代のひとびとにはあたりまえのことなのだから、武蔵も「あたりまえだ」と思っていればよいのだ。

しかし、同時に襲ってきたのは激しい孤独の念だった。この広い江戸、いや、東京の空のしたに、二百五十年以上まえの人間はもちろん武蔵ひとりだ。言葉こそ通じるが異国にいるような気分だ。知己もいない。話が合うものも、相談相手もいない。まるで山中の天狗の世界に放り込まれたようなものではないか。これからたったひとりでどうやってこの「異世界」で生きていけばよいのだ。仕事はおろか、住む場所すらない。飢え死にするのを待つしかないのか……。

（いや……待てよ……）

武蔵は思い直した。よく考えてみたら、彼はもともと天涯孤独だったのだ。

（そうだ……俺は何百年まえもひとりだった。師もおらず、弟子もおらず、家族も持たず、ひとところに住まずに諸国を放浪していた。しかも、それはやむをえずそうなったのではない。俺がそんな孤独を望んだのだ……）

つまり、なにも変わらないのだ。

（そうだ。この世界でも同じように、ひとりで暮らしていけばよい。俺としたことが、なにをうろたえていたのか……）

それに、さっきの夏子一家のこともある。会って早々知遇を得られたではないか。何百年経っていようと、ここは日本なのだ。平安貴族のころも、足利将軍のころもおそらくそうだったように、何百年経とうと人間の心は変わらないものなのだ……。

そう思うと気持ちが落ち着いた。武蔵は路地を曲がった。そこは大通りだった。広い道を大勢が往来しているが、もう動じることはない。武蔵は彼らに混じって闊歩した。

赤い石を組み合わせて作られた南蛮風の巨大な建物を見たときも平常心でいられた。「帝國大学」と記された門を、黒服を着て帽子をかぶった若い男たちが足早に出入りしている。

（大学か……学問所のようなものか……）

ならば黒服の若者たちは学生ということになる。そう思って様子を眺めていた武

蔵の耳に、

「いや、たしかに我輩の足を踏んづけたのは貴様だ！」

という怒鳴り声が聞こえてきた。そちらに目を転じると、路上でひとりの坊主頭の男が五、六名の学生たちに囲まれている。学生たちはいずれも袋に入れた長い剣のようなものを持っている。

「小生は貴君の足など踏んではおらぬ」

坊主頭の男は落ち着いた声で言い放った。年齢は、武蔵と同じぐらいだろうか。

「しらを切る気か。我輩の右足に泥がついているのがなによりの証拠だ」

「それは貴君が勝手につけたのだろう。言いがかりはよせ」

「なにを？　この雪駄（せった）と足袋（たび）は高価だったのだ。詫（わ）びをしてもらわねばおさまらぬ」

「どう詫びをしてほしいのだ」

「雪駄と足袋の洗濯料をもらおうか」

坊主頭の男は背を反らせて大笑いした。

「あははは……やはり金が目当てか。ゆすりたかりの類ならば、小生、びた銭一文たりとも出すつもりはない」

「な、なに？　われらは詫びる気持ちを形に表してもらいたいと思い、金の話をしたまでだ。ゆすりたかりとは失敬千万。我輩たち学生は学費の支払いに日々汲々としておる。少々小遣いをちょうだいしてもよかろう」

「とうとう本音が出たな。小遣いが欲しいなら欲しいとはじめから打ち明けるがよかろう。足を踏んだだの泥がついただのとややこしいことを言わず、われらは物乞いゆえ金をめぐんでくだされ、と頭を下げるなら、いくばくか渡してやらぬこともない」

「なに？　我輩たちを侮辱するなら、考えがあるぞ。――おい、皆でこいつをぶん殴り、足腰の立たぬようにしてしまおう」

「そうだ。天下の帝大生を物乞いとは許せぬ」

「腕の一本も折ってやろうか」

「がま口ごと取り上げろ」

学生たちは、坊主頭の男を囲む輪を狭めたが、男はその毒舌をやめなかった。

「なんだ、学生だと思っていたから相手をしてやったのだ。ただの無頼漢どもに割く時間はない。小生は忙しい身のうえなのだ」

その言葉をきっかけに、学生たちは袋から竹でできた刀のようなものを取り出し、一斉に男を叩きはじめた。多勢に無勢で、その場にうずくまった坊主頭の男はされるがままだった。武蔵はため息をつき、

「おい……よさないか。俺が相手になってやる」

　学生たちは振り返り、

「余計なことはしないほうが身のためだ。われらは帝大剣術同好会のもの。下手に手出しをしたら血を見ることになるぞ」

「ほほう……刀を持ってはならぬという話だったが、剣術を学ぼうとするものはいるのだな。よいことを聞いた。俺が教えてやってもよいぞ」

「はあ……？　大口を叩くな。我輩たちは示現流を修めた大山志朗兵衛先生の門下のもの。なかでも我輩は免許皆伝の腕だぞ。撃剣会で優勝したこともある。頭を割られたくなければ引っ込んでおれ」

「示現流？　聞いたことはないな。言うて悪いが、おまえたちはからきしできてはおらぬ。その大山先生とやらの腕前も知れたものだな」

「なに？　大山先生への悪口は容赦できぬ。立ち合ってもらおうか」

「ああ、かまわんよ」

「竹刀を持っておらぬようだから貸してやろう」

「竹刀……？　ああ、その竹の刀か。そんなものはいらぬ。これでよい」

　武蔵は地面に落ちていた短い棒切れを拾い上げた。

「な、な、なんだと？　帝大剣術同好会をなめるな！」

若者は正眼に構えたが、武蔵の目から見ると隙だらけもよいところだった。あらゆるところに隙がある。

「なんだ、そんなものか。二百五十年以上も経つと剣術も凋落するものだな」

「わけのわからんことを言うな。――行くぞ！　チェストオオオ！」

学生は妙な気合い声とともに撃ち込んできた。武蔵は棒切れで軽くあしらい、その学生の後頭部をぽかり！　と叩いた。学生はうつ伏せに伸びてしまった。

「剛田がやられたぞ！」

「皆、同時にかかれば勝てる」

「そうだそうだ。勝てば官軍だ」

残りの学生たちは卑怯なことを口にしながら押し寄せてきたが、武蔵は真ん中のひとりの竹刀をひょいと叩き落として彼らの後ろに回ると、学生たちの無防備な頭をポカポカと叩いていった。「ポカポカ」と書くとずいぶん軽い感じだが、もちろん手加減はしているものの、剣の達人宮本武蔵が叩いているのだから、その衝撃は凄まじく、

「うひゃっ」

「あげっ」

「ぶわっ」

「ぎゃっ」

「どひっ」

学生たちは頭を押さえてあたりに転がった。武蔵は坊主頭の男の手を引き、

「さ、早く……」

「いや、私は左腰が悪うて走れんけん、貴殿だけ逃げてくだされ」

「そうはいかぬ。ならば……」

武蔵は男を抱え上げ、米俵のように肩に担いだ。

「な、なにをする！」

「黙っておれ」

武蔵は男を担いだまま大通りを走りに走った。もうよかろうと思うところで路地に入り、男をゆっくり地面におろす。武蔵の呼吸はまったく乱れていなかったが、担がれていただけなのに坊主頭の男にはかなり堪えたようで、土塀に両手を突き、荒い息をしている。武蔵は男の胸のあたりに血がついていることに気づいた。

「殴られて怪我でもなされたか」

武蔵が言うと、まだ息の整わぬ男は弱々しくかぶりを振り、

「私は肺の病があって、そのせいでときどき血を吐くぞな。あんなごろつき学生にくらされたぐらいではなんともありゃせん」

男の言葉はやや訛りがあった。

「申し遅れました。私は正岡子規というものです。子規というのはホトトギスのことで、ホトトギスという鳥は口のなかが赤うて、鳴いて血を吐くホトトギスなどと言われとるき、おのれの号も子規とつけました。以前は帝大の学生をしておりましたが、肌が合わず、中途で退学し、今は新聞や雑誌に文章を書いて暮らしております」

自分のことをよくしゃべる男だな、と武蔵は思った。

「しかし、見ず知らずの私をよう助けてくださった。いくら礼をしても足りぬが、今日は友人が来ておるゆえすぐに帰宅せねばなりません。ご貴殿の名前とお住まいをお教えいただけませぬか。後日あらためてお礼にうかがいたい」

逡巡する武蔵の目に、男がもたれている土塀の庇が目に入った。

「宮本……ひさしと申す」

「宮本さんか。で、お住まいは……？」

「それがその……田舎から出てきたばかりでまだ住まいを決めておらぬのだ」

「当てはあるのですか」

「いや……東京に知り合いもおらぬし、途方に暮れておる」

「それは迂闊な話ぞな。失礼ながら、東京へはいったいなにをしに来られたのです」

武蔵は言葉に詰まった。なにをしにきた、と問われても、ただ「時を超えてきた」だけなのだから答えようがない。武蔵は大きく息を吸うと、

「俺は郷里では剣術を教えていた。だが、もはや剣の時代ではない。これからは……」

「これからは……？」

なにか適当なことを言わねばならない場面だが、頭のなかは真っ白だった。そのときふところでなにかがガサ……と音を立てた。夏子に借りた雑誌だ。

「これからは小説の時代だと思う。俺は小説家になるために東京に来たのだ」

子規の目が輝いた。

「おお……そうでしたか！　そりゃあええ。私も昔、小説家になろうとしたことがありますが、そちらの才はなかったようで、今はもっぱら俳諧や短歌を作っております」

「そ、そうですか」

「よかったらこれからうちに来られませんか。じつは俳諧仲間で帝大卒業生の夏目金之助くんが赴任地の松山から一時帰宅していて、今、私の家におるのです。私が本郷に来たのも、夏目くんのための茶菓子を買うためで……でも、もう菓子などうでもよい。今夜は文学談義じゃ」

子規はひとり決めしてうなずいている。

「夏目くんは、中途退学の私などよりずっと偉くて、大学院まで出とりますき。一緒に京、大阪を旅行したり、松山の下宿に、私が転がり込んで句を作ったりした仲でな、英文学をずっと学んでおったから宮本さんが小説家志望と知ったらきっと喜びます」

「え……いや……その……」

「ここで会うたのもなにかの縁。さっきの武勇伝も夏目くんに話したいし、ぜひともおいでください。宮本さんの身の上もじっくりうかがいたいし、差し出がましいようだが今後の身の振り方の相談にも乗れますき。うちは母と妹と三人暮らしですが、狭くてもよければお泊りいただけますぞな」

夏子のところと同じ家族構成である。

「そんな……はじめて会うたばかりの御仁の家に泊まるなど……」

「遠慮なさいますな。宮本さんは私の命の恩人じゃ」

「そ、そこまで申されるなら……」

つまり、今夜の宿は確保できたわけだ。ここは図々しく行かないと、せっかくつかんだ細い糸が切れる。夏子のときと同じだ。

「では、一宿の恩義に与ります」

「ははは……そんなたいそうな……。ささ、参りましょう」

子規は左腰に手を当てて、

「痛たたた……あ痛たたた……」

と言いながらよたよた歩き出したが、しばらくすると地面に座り込んでしまい、

「今日は朝から調子がよかったから大丈夫と思うていたが、また持病の腰痛が出てしもたぞな。申し訳ないが、車を二台、止めてくださらんか」

「車……？」

「人力のことです。うちは根岸にあるんじゃが、このままではいつ帰り着けるかわからんけん」

そう言われても武蔵には人力車の止め方などわからない。子規は顔をしかめ、腰をさすっている。しかたない……武蔵は表通りに出た。ちょうど一台の人力車が向こうから勢いよくやってきた。武蔵は意を決してその車のまえに飛び出し、両手を左右に広げた。ちょうど暴れ馬を止めるような格好だ。驚いた車夫は必死に車を横に向け、両足のかかとで地面を掘るようにして人力車を止めた。

「馬鹿野郎め！　危ねえじゃねえか！　なんで止めたんだよ！」

「卒爾ながら、その車に乗せていただきたいのだ」

「この間抜け！　乗せられるわけねえだろうが！」

武蔵はムッとして、

「なにゆえだ。おまえは客の選(え)り好みをするのか？」

「そうじゃねえ。よく見ろよ！　客が乗ってんだろうが！」

言われた武蔵が車の後部を見ると、山高帽をかぶり、口髭を生やした太った客が目を回している。

「なるほど。客が乗っている車には乗れぬか」

「あたぼうだよ。もうちょっとで大事故を起こすところだったぜ。気をつけやがれ、このわからずや、間抜け、唐変木(とうへんぼく)！」

罵詈雑言(ばりぞうごん)を言い散らした末に、車夫は梶棒(かじぼう)を挙げようとした。

「待ってくれ。ききたいことがある」

「早くしてくれよ。こちとら急いでるんだ」

「空の人力車が来たとして、どうすれば止まってもらえるのかな」

「そんなこと決まってるだろ。『おい、車屋！』……とひと声かけりゃ、どんな車だってすぐに止まるさ」

「そういうものか。あいわかった。――もう行ってよいぞ」

「なんでえ、いばってやがるぜ」

車屋は行ってしまった。しばらく待っていると、都合よく空の人力車がやってきた。

「車屋……車屋」

　武蔵が声をかけてみると、車夫は武蔵のまえで止まり、

「へい！　どちらまで！」

　武蔵は胸を撫で下ろし、

「今、客を連れてくるからまずはその御仁を家まで送ってもらえぬか」

「承知しました」

　武蔵が路地に戻ると、子規は幾分痛みが薄れたようでひとりで立ち上がっていた。

「車を止めましたぞ。一台なので、先にお乗りくだされ」

「そうですか。それは申し訳ない」

　子規は懐紙を取り出してそこに「下谷区上根岸町一二五番地」と書き付け、武蔵に手渡した。

「これが我が家の所番地です。車夫に見せれば連れていってくれますき。それと、うちに着いたら車夫に、車代を払うからなかに入ってくれ、と言うてもらえますか」

　それだけ言うと、

「じゃあ、車屋くん、行ってくれたまえ」

　人力車は行ってしまった。あとに残された武蔵は、急に心細くなった。もらった紙をしげしげと見る。この所番地とやらが間違っていたらどうなるのだろう……そ

んなことを思ったとき、武蔵の目のまえを空の人力車が通りかかった。

「車屋……車屋」

二度目なので慣れたものだ。車はすぐに止まり、

「へい、旦那」

武蔵は書き付けを見せると、

「わかりやした。さあ、乗ってくだせえ」

そう言われても乗り方がわからない。武蔵がまごついていると、

「お客さん、田舎のひとだね」

「わかるか」

「ああ、東京で車の乗りようを知らねえやつがいるとは驚いたね。そこに足を置いて、ぐっと踏ん張って……そうそう、やりゃあできるじゃねえか。それじゃ走りますよ。あっしゃあ脚が自慢でね、二つ名を『陸(おか)蒸気の弐助(にすけ)』てえんだ。まごまごしてると振り落としちまうから、よーくつかまってなよ。あと、乗ってるときはしゃべっちゃいけねえよ。舌を噛んだら死んじまうぜ。——はい……はい、こら……はい……はい、こら……」

はじめのうちこそ勝手がわからず、身体をこわばらせていた武蔵だが、すぐに慣れた。

（ほほう……）

　脚が自慢と豪語するだけあって、その車夫はたしかに速かった。通行人も家も電信柱も……なにもかもが後ろにふっ飛んでいく。

（なんとすがすがしい乗り物ではないか……！）

　武蔵は驚嘆した。

（馬に乗るよりも愉快だし、快適だ。これはよい！）

　車夫は車を曳きながら振り向くと、

「どうでえ、旦那、乗り心地は……」

「うむ……ちょっと止めてくれ」

　車夫は木陰に車を止め、

「どうした？　塩梅でも悪いのか？」

「そうではない。――俺に車を曳かせてくれ」

「はあ……？　旦那さん、なに言ってるんだね」

「おまえの走りっぷりを見ていると俺もやってみたくなったのだ。さあ、乗れ」

「旦那、頭がどうかしてるんじゃねえのか。あっしが車を曳くからあんたは金を払うんだ。あんたが曳いたからって、あっしは金を払わねえぜ」

「そんなことはどうでもよい。乗った乗った」

「ひとを乗せずに走った方がいい。楽そうに見えるかもしれねえが、案外重いもんなんだぜ」

「かまわぬ。俺には膂力(りょりょく)がある」

車夫はとまどった表情ながらも言われたとおりにした。

「よし、行くぞ」

武蔵は梶棒を上げて駆け出した。はじめはゆっくり、しかし、すぐに速度を上げた。

「おわっ……！　だ、旦那、すげえねっ。速(はえ)え速え……あっしよりも速えや」

「しゃべらぬ方がよいぞ。舌を嚙んだら死んでしまう」

「へへへ……あっしのお株を全部奪っちまったね」

武蔵の曳く車は矢のような勢いで道を取っていく。往来のもの皆が目を見張るほどの凄(すご)さだ。車夫は後ろから、

「そこの道を右だ。そうそう……対面に八百屋が来たから気をつけな。おっと、その電信柱を左だ」

的確に指示を出していく。

「つきましたぜ。ここが上根岸町だ。いやあ……あっという間でしたねえ」

武蔵が梶棒を下ろすと、車夫は地面に降り、武蔵の背中を叩いた。

「がたいがいいやね。てえしたもんだ。お見それしやした。シャッポを脱ぎますよ」

車夫は点在する家をひとつずつ巡り、二軒続きの棟割り長屋の片方の表札を見て、

「ここだ、ここだ。正岡って書いてます」

左右に伸びる土塀のあいだにこぢんまりとした入り口があり、正岡という表札のうえに「子規庵」という額が掲げられていた。ここでまちがいないようだ。

「おお、すまぬな。悪いが、なかに入って、車代をもろうてくれ」

「え？　家のひとにもらうんですかい？　旦那さんは持ってねえのかね」

「俺は一文なしのからっけつだ」

「ひえーっ、えれえひとを乗せちまったな。ほんとに払ってくれるんだろうね。タダ働きは困りますぜ」

「車を曳いたのは俺だ。おまえは乗っていただけではないか」

「そ、そりゃそうだが……」

車屋は頭を掻きながら家のなかに向かって声をかけた。

「ごめんくださいまし。車屋でございます」

「はーい、ただいま」

すぐに木の扉が開いて若い娘が顔を出し、

「うかがっております。おいくらですか」

「本郷から根岸までなんで十二銭……と言いてえところなんですが……ここは五銭

だけいただいときやす。五銭もらうのもつれえぐらいで……」

「なにかあったのですか」

「いや……この旦那がねえ……」

車夫は説明をしかけたが、急になにかを思いついたような顔になり、

「旦那……あんた、一文なしのからっけつだって言ってたね」

「ああ、申した」

「旦那、車屋になりませんか。今、あっしが所属してる『走竜社(そうりゅうしゃ)』が車夫を募集してるんだ。旦那ならいい車夫になれますぜ。あれだけ速けりゃ、走り増しの祝儀もがっぽりもらえる。車夫なんて馬鹿になさるかもしれねえが、あっしはこの仕事に誇りを持ってます。もし、その気があったら、明日にでも日本橋(にほんばし)の『走竜社』を訪ねておくんなせえ」

「そこで働けば金がもらえるのか」

「もちろんだ。社員用の長屋もあるから、住む場所にも不自由しねえ」

「ありがたい！　もし、そうなったときはよろしくお願いいたす」

「待ってますぜ」

車夫はにやりと笑うと、空の車を曳きながら帰っていった。武蔵は若い女に向き直って一礼し、

「宮本ひさしと申すもの。正岡氏のお誘いによりまかり越しました」

　女は口に手を当ててくすくす笑ったあと、

「失礼しました。正岡氏だなんてまるで武将のようで……。兄から聞いております。さあ、どうぞ」

　武蔵は正岡家に入った。玄関の奥に八畳ほどの部屋があり、そこに子規と洋装の男が向かい合って座っていた。そのあいだに煎餅や蜜柑を盛った鉢が置かれている。

「おお、宮本さん、よう来てくださった」

　子規が武蔵を手招きしながら大声を出した。

「どうぞお座りなされ。――このお方がさっき話しておった私の命の恩人、宮本ひさしさんじゃ。小説家を志望して東京に出てきたというが、知り合いもなく、住む場所もなにも決めずに上京したという豪傑じゃ。郷里で剣術を教えていたというだけあって武術の腕もまさに豪傑で、帝大剣術同好会の連中を棒切れ一本でのしてしもうたぞな」

　子規は友人と気の置けない会話をしていたせいか、さっきより伊予弁がきつくなっていた。

「宮本です。お見知りおきくだされ」

　子規は洋装の男を指差し、

「これが夏目金之助くん。英吉利文学に詳しく、今は松山に赴任して英語教師をしておるが、漢籍にも通じておるし、俳諧も達者じゃ」

口髭をたくわえたその男はかぶりを振り、

「俳句はこの大将にむりやり作らされておるだけです。日本文学を英語に訳し、日々英語を教え、英文学を読んではおりますが、日本人が英米の真似をしてどうなるのか、とも思っております。いずれは日本人による日本人のための日本の文学が必要となるでしょうが、今はまだわが国の文学は未成熟で、逍遥だ露伴だ鷗外だ……と言ってもその中身は古典の焼き直しや英米文学からの借り物にすぎぬ」

子規が、

「そこで俳句が大事になってくるぞな。俳句というものは……」

そう言いかけて、

「いや、俳諧を論ずるまえに、まずは宮本さんにいろいろうかがいたいことがあるんじゃった」

そーら来た、と武蔵は思った。ぼろが出ないように上手く答えられるだろうか……。

「どんな小説家がお好きかね」

う……。汗が顔から噴き出す。好きも嫌いも、小説なるものを読んだことがないのだ……。

「俺は、他人が書いたものはどうでもよいのだ。戦うのはただおのれとのみ。他人が書いた小説がいかほど優れていようと、それはそのものの手柄にすぎぬ。おのれの作品とは関わりがない」

夏目金之助が、

「なるほど、宮本さんはまるで武芸者のようなことをおっしゃる。それはそのとおりだが、小説家になりたいと思いつめ、上京までなさったのだから、読んで感化を受けた小説家、感銘を覚えた小説などはあるのではないですかな」

「そ、そうだな……えーと、それはその……強いて挙げるなら……」

額からふたたび汗が滴り落ちる。うつむいたときに、ふところの重みに気づいた。

「ひ、樋口……一葉だ」

子規と夏目金之助が同時に「おお……」と言った。子規は、

「『にごりえ』や『十三夜』なぞを読んだが、たいした手練れぞな」

夏目金之助も、

「近頃、秀逸な作品を矢継ぎ早に発表しておるね。『たけくらべ』という長編も評判が良いようだ。このまま行けば、いずれ文壇の中心となるだろう」

あのひとはそんなにすごいのか……と武蔵は思った。そして、なぜか自分のこと

をほめられているようにうれしくなった。夏目が重ねて、

「ぼく自身は面識はないが、じつは人脈でつながっていてね、父が一葉女史のお父君の上司だったことがあったそうだ。ぼくの兄と一葉女史を結婚させよう、という話もあったとか聞いている。まあ、破談になったそうだがね」

「それは知らんかったぞな。宮本さんも樋口一葉を好むということは、ああいう西鶴風の、市井に生きるひとびとの心情を描くような小説を目指しておいでかな」

武蔵は「西鶴風」というのがなんのことだかわからなかったので、とりあえず、

「そうだ」

と答えた。夏目金之助が間髪を容れず、

「それは興味深い。書いたものがあれば読ませていただきたい」

「い、いや……それは……まだ途中なので、書き上げてからお見せしたい」

子規が煎餅をばりばり食べながら、

「そりゃそうじゃ、夏目くん。途中までで判断されては宮本さんも困るぞな。書き上がるのを待とうじゃないか。そのかわり書き上げたら一番に読ませてほしい」

「あいわかった……」

武蔵は消え入るような声で言った。しかし、夏目金之助は食い下がった。

「正岡くんはよいかもしれんが、ぼくはすぐに赴任先に戻らねばならん身だ。せめ

て、その作品の構想だけでもお聞きしたいね。宮本さん、それぐらいならかまわんでしょう」

「構想……ですか。構想……構想……」

「この場合は、あらすじ書きということぞな」

子規が助け舟を出してくれたが、もちろん構想もあらすじもなにもない。

「えーと……えーと……えーと……」

「今年の干支(えと)は申(さる)ぞなもし」

子規がまぜっかえしたが、武蔵の耳には入らない。

(でたらめでいいのだ。どうせこのふたりとは今日かぎりの縁……ひと晩泊めてもらえればよい……)

追い詰められた武蔵は苦し紛れに、

「では、申し上げる。ご一新で刀を捨てた剣術使いがいて……」

「ほう、面白そうだ」

夏目が言った。

「食うていくために人力車夫になるのだが……」

「ますます興味深い」

「乗せた客が親の仇とわかる。数年まえに父親を殺して逃亡した悪漢だ」

「少し講談調だな」

「刀がないからしかたなく、車ごとその客を池に放り込んでしまう」

「なんだ、それは……」

夏目金之助は呆れたようだったが、武蔵はもう止まらなかった。佐々木小次郎に遅刻の理由を問われ、十頭のクジラと戦っていた、と答えたあの法螺(ほら)吹き体質が全開になってしまったのだ。

「しかし、その客も負けじと車夫の脚にしがみつき、池のなかに引きずり込もうとする。車夫は泳ぎを知らぬ。必死に抗(あらが)うが、客の力は尋常ではなく、ついにはふたりとも水中に没してしまった」

「ふーむ、それはちょっと……」

「たがいに首を絞めあい、二匹のカッパのごとく戦っていたが、そこに車夫が曳いていた人力車が流れてくる。車夫は、しめた、とばかりその車を高々と持ち上げ、客の頭目掛けて叩きつけると、あわれ客は死んでしまった。かくして仇討ち本懐を遂げた車夫は皆にほめられ、ついには車夫の頭とまで出世するのだった……」

子規は笑いながら、

「残念ながらそりゃだめじゃ。そもそも明治六年に仇討ち禁止令が出とるき、たとえ親の仇でも殺したりしたら主人公は捕まって、罰せられる。下手をしたら死罪ぞな」

「いかんかな」

「客が親の仇とわかってからあとを変えるほうがええと思う。――のう、夏目くん」

夏目は苦笑いして、

「そんなことより、樋口一葉のしっとりした作品とは似ても似つかぬ中身だな。まあ西鶴の『武道伝来記』っぽいと言えなくもないが……」

その西鶴がわからないのである。子規が、

「明治ももう二十九年じゃ。西鶴もええが、新しい時代にふさわしい中身でないとこれからの小説はいかんのではないかと思う。英米の小説と同じぐらいの質と量が必要ぞな」

夏目が、

「いや、いたずらに海外文学の尻を追いかけてもしかたがない。日本には日本の文学が、それこそ『源氏物語』の時代から確固として存在する。芭蕉(ばしょう)や蕪村(ぶそん)の俳諧もそのひとつだ」

「いつまでも江戸情緒の黄表紙やら戯作本、滑稽本みたいなものを書いていてもしかたがない。新時代の人情を描くことが肝要じゃ」

「人間の人情に旧時代も新時代もない。維新以降、日本はそれまでにあったものを良いものも悪いものもすべて捨ててしまったが、それは性急だったと思う」

ふたりとも煎餅をかじりながら議論しているが、無論、武蔵にはなにを言っているのかわからない。武蔵は冷えた茶を啜り、煎餅を食べた。なかなか美味い。

「これは失礼した。つい文学論に夢中になって、宮本さんのことを忘れていたぞなもし」

子規はおのれの頭を叩いた。夏目金之助が立ち上がると、

「ぼくはそろそろ失礼するよ」

「まだいいではないか」

「いや……今度の上京はほとんどだれにも告げておらぬ私用ゆえ、明日朝一番の汽車に乗らねばならんのだ。また来る」

「そうか……かならず来てくれよ」

子規はなんとも惜しそうな表情で立ち上がり、夏目の手を握ったあと、武蔵に顔を向けて、

「宮本さんは泊まっていかれるじゃろ」

「いや……今日会うたばかりなのに……」

武蔵が、形ばかりの遠慮を口にすると夏目金之助が、

「宮本さん、この大将はぼくが松山で下宿している家に五十日も泊まり込んだうえ、

鰻飯（うなぎめし）だなんだと出前を取り、その代も払わずにそのまま東京へ帰ってしまった。そんな男だ。遠慮することなどない。ぼくのかわりに五十日ほど泊まってくれたまえ」

そう言って玄関に向かった。子規が、

「母さん、金之助が帰るそうじゃ」

「まあまあ、おもてなしもできず……」

老女が台所から顔を出した。夏目は、

「正岡くんの病のこと、よろしくお願いいたします」

一礼すると家を出ていった。子規は明るく笑って、

「金ちゃんが帰っても、今日は宮本さんがいるき、大丈夫じゃ」

どういうことなのか……と思った武蔵だが、それから子規は武蔵を相手におのれのことばかり二時間ほどしゃべり倒した。松山からひとり東京に出、帝国大学に入ったこと、そこで夏目金之助の知己を得たこと、小説家を志したが上手くいかず大学を中退し、日本新聞社に入社したこと、肺に病を得てときどき喀血（かっけつ）すること、昨年日清戦争に従軍記者として参加したが、その帰路、船のうえで大喀血して生死の境をさまよったこと、神戸（こうべ）の病院で治療を受け、九死に一生を得たこと、松山に赴任していた夏目金之助の下宿に転がり込み、俳諧三昧の療養生活を送ったこと、近頃はリューマチスのせいか左腰が痛むようになり、歩行がままならぬ日もあること、

俳諧と短歌の革新運動に情熱を燃やしていること……。武蔵は子規の小柄な体躯に秘められた激烈な感情のほとばしりに圧倒された。

「私はおそらく長くは生きられぬ。やりたいことはぎょうさんあるが、その全部をやり遂げることはできん。ふたつか三つに絞らんと、どれも中途半端になってしまう。今のところは俳句と歌じゃ。――あと、野球もやりたいが、これはもう無理ぞな」

「柳生？　新陰流か！」

武蔵の頭に但馬守の顔がちらついた。

「はははは……宮本さんも冗談が上手いのう。柳生ではなく野球じゃ」

「野球……野球とは？」

「ベースボールのことぞなもし」

「米国から来た球技でな、九人ずつの組に分かれて戦うんじゃ」

ますますわからない。

「戦う？　戦か？」

「球を用いた戦じゃ。私は野球が好きでな、身体さえ治れば、またやりたい。今は仲間内でやる草野球の見物に行くぐらいで情けないかぎりじゃ……」

そこまで言ったとき、子規は急に手を叩き合わせ、

「そうじゃそうじゃ。ええことを思いついたき。今度、草野球の試合があるのじゃ

が、うちの組に宮本さんに加わってもらいたい」

「お、俺が？　そんなことを言われても、野球のことなどなにも知らぬし……」

「大丈夫。宮本さんの体力と脚の速さはうちのチームのだれにも負けぬ。私が折り紙をつけるぞな」

「はあ……」

なにがなんだかわからないまま、武蔵はうなずいた。子規は庭の方に目をやり、

「おお、もう薄暗いな。話が弾んで、いつのまにか夕景じゃ」

話が弾んだというより、ずっと一方的に子規がしゃべっていたのだ。武蔵はぼろが出ないように受け答えするだけでへとへとになっていた。子規は台所に向かって、

「母さん……母さん、晩飯はどうなっとるん？」

「久しぶりにもぶり寿司でも作ろうかと……」

「それはええ。――宮本さん、私の母親の作るもぶり寿司は絶品じゃ。ぜひ賞味してくだされ。私はからきし下戸で五酌も飲めば真っ赤になるのやが、今日は宮本さんもおられるゆえちょこっといただこうか。宮本さんは酒はいけるでしょう」

「まあ……飲める方です」

「だろうと思うた。そのがたいじゃからのう。飲んでください。うちに遊びにくる連中がたまに持ってきてくれるが、さっきの夏目くんも下戸で、うちには酒が余っ

てもうとる。今夜はどんどん飲ってもらいたい」

子規は上機嫌だった。やがて、子規の母親の心尽くしの寿司と酒が出た。寿司も美味かったが、武蔵は酒を一口飲んで驚いた。

(なんだ、これは……!)

美味すぎるではないか。これが酒だとしたら、武蔵がこれまで飲んでいたものはなんだったのだ。武蔵はつくづく二百五十年以上という歳月の長さを感じた。二百五十年以上経てば、酒もこうまで進化するのだ。

たった五酌の酒で子規はますます饒舌になり、夜更けまでおのれのことを延々としゃべり続けた。武蔵は結局、一升ほどの酒を平らげてしまった。

翌朝、二日酔いだという子規とともに武蔵は朝食を取った。供されたものは飯と汁ではなく、饅頭のように丸いものと白い飲料だった。

「これは……なんでしょう」

「知らんのですか？　菓子パンです」

「パン……？」

「田舎では食わんかったですか？　小麦粉を焼いて味をつけたもんじゃが、なかなか美味いぞな。私（あし）は毎日間食に食べよる」

「この白いものは……米のとぎ汁？」

「あはははは……やはり宮本さんは冗談が得意じゃの。これは牛乳。牛の乳じゃ」

　こわごわ口に入れてみたが、なるほど、たいへん美味い。武蔵は食べたあと指をなめた。

「では、おいとまいたします」

　子規と母親、妹に見送られ、武蔵は正岡家を出た。

「宮本さん、落ち着き先が決まったら、かならず教えてください。小説の話もしたいが、野球のこともあるき……」

　子規は、口先ではなく本当に武蔵との別れを惜しんでいる様子に見えた。再会を約束して武蔵は歩き出した。

（またしても良縁を得た……）

　時空を超えてきた身にとっては心強いことである。武蔵は好天のなかを日本橋に赴いた。もともと江戸には土地勘がないうえ、二百五十年以上も経っているわけだから、ほぼはじめての土地と言ってもいい。あちらでき、こちらでたずね、ようよう目指す『走竜社』を見出（みいだ）したときには昼近くになっていた。人力車が十数台並

んでいる店舗に入ると、

「あっ、きのうの旦那！」

探すまえに向こうから目ざとく見つけ、声をかけてきたのは例の車夫である。

「おお、陸蒸気の弐助か」

「もしかすると車夫になる気になりなすったのかね」

「そうだ。こちらに厄介になりたい。おまえが口を利いてくれるか？」

「ようがすとも。――社長！　きのう話してたすげえやつが来てくれやしたぜ」

店のなかから頭をつるつるに剃り上げた、太った男が出てきて武蔵をしげしげと見つめ、

「うーん……弐助の言うとおりや。ええ身体しとる。これなら弐助より速かったゆう話も嘘やなかろ」

関西なまりのその男は武蔵の身体を衣服のうえから何遍もバシバシ叩くと、

「よろしゅう頼むわ。今はひとりでも脚の速い社員が欲しいところなんや。ええところに来てくれたわ。ばりばり稼いでや」

「かしこまって候」

「あははは……侍みたいな御仁やな。ほな、わしも……よろしゅうお頼み申す。あんた、住むところがまだ決まってないらしいな。とりあえず、うちの社員長屋に

入りなはれ。おんぼろやけど雨露はしのげます。——弐助、このおかたを長屋に案内したっとくれ。荷物を置いたら、おまえが車の曳きかたやらなにやら、しっかり教え込んでくれ。ええな」

「へい。——でも、きのうの走りっぷりを見ていたら、この旦那には教えることはなんにもありゃあしませんぜ」

「走ることはできても、客あしらいやらなにやら、車夫としてのいろいろな心得があるやろ。それを仕込んだってくれ、て言うとんのじゃ。仕事は明日からしてもらお。——せいぜい気張っとくなはれ」

「あいわかった」

社長は行ってしまった。弐助が、

「じゃあ旦那、長屋に行きやしょうか」

「旦那はやめてくれ。今日からはおまえと同じ車夫ではないか」

「それもそうだね。まだ名前をきいてなかったが、なんていうんだね」

「宮本ひさしと申す。お見知りおきくだされ」

「じゃあ、宮本さんでいいかね」

「うむ。では、俺は弐助殿で……」

「殿はおかしいやね。尻がくすぐったくなる」

「弐助殿はこの仕事の先輩ゆえ、敬うのは当たり前だ」

「ひーっ、そうかね。じゃあ、まあ、それでいいや。こっちへ来なせえ」

武蔵は、弐助について長屋に向かった。社長が言っていたとおり、おんぼろではあるが、今の武蔵にはありがたい住まいである。小さなかまどと行燈がひとつあるほかは、なんの調度も置いていない。たんすや机はおろか、水甕（みずがめ）も七輪もない。

「なにもねえだろ。もうけた金のなかから少しずつ買うこったな。飯の支度ができねえだろうから、今日の夜はあっしが握り飯でもこさえて、持ってきてやるよ。東京は、外でなんでも食えるから独り者には便利だが、その分銭がかからあね。なるべく自炊した方がいいぜ」

弐助はそれから夕方までかけて、車を曳くコツ、安全に走る方法、客への接し方、相対料金の決め方……などを伝授してくれた。

「車は、あっしたち曳き子があの社長から一日の賃料を払って借りるんだ。だから、稼がねえと損をすることにならあ。よく心得ときなよ」

「あいわかった」

「半纏（はんてん）やら股引（ももひき）やら足袋なんぞのお仕着せは、あとで社長が届けてくれるはずだ。明日、朝早いからとっとと寝るこった」

「俺は日の出とともに起きる」

「そりゃ早すぎるぜ」

弐助はそのほかにもさまざまな注意を与えて帰っていった。武蔵はなにもない部屋の真ん中に座った。

（親切な御仁もあったものだ。おかげでこうして働き口も得られたし、おのれの居場所もできた……）

しかし、武蔵には不思議だった。

（俺はずっと居場所を持たぬまま放浪の暮らしを送ってきた。食客としてひとところに逗留することはあっても、用が済んだらすぐに旅立った。野山で寝ることも厭（いと）わなかった。だが……こちらへ来てからは仕事と居場所がないと不安でならなかった……）

剣を所持していない、ということが武蔵を不安にしていたようだ。

（神にも仏にもひとにも頼るまい、と決めていた俺だが、じつはあんなものに頼っていたのだ……）

武蔵はおのれを恥じた。今ここにこうしていられるのも、夏子や子規や弐助のおかげである。ひとはひとに頼らないと生きていけない存在なのだ。

腹が、ぐう、と鳴った。朝からパンを食べたのみである。握り飯を持ってくる、と言っていた弐助も来ない。水でも飲むか、と思ったが、考えてみたら湯呑（ゆの）みもないのだ。やることがなくて武蔵がごろりと横になったとき、ふところから二冊の雑誌がまろび落ちた。樋口一葉から借りたものだ。武蔵はなにげなくその一冊を開いた。『文藝倶楽部』という雑誌で樋口一葉の作品は「十三夜」という題だった。筆で書いた文字しか読んだことのない武蔵だったが、活字にもすぐに慣れた。

(返しにいくときに、中身はどうだったかときかれたら困る……)

そんな理由で、一応ざっと目を通しておこうと思っただけなのだが、

　例(いつも)は威勢よき黒ぬり車の、それ門に音が止まつた娘ではないかと兩親(ふたおや)に出迎はれつる物を、今宵は辻より飛のりの車さへ歸して悄然(しょんぼり)と格子戸の外に立てば、

という書き出しではじまるその「小説」を読み進めていくうちに、武蔵はすっかり「十三夜」にのめり込んでしまった。なにより驚いたのは、その作品の主人公の片方が「車夫」であることだった。それが理由かどうかはわからないが、武蔵はすぐに物語に入り込むことができた。

貧窮する士族の娘が夫から受けるひどい仕打ちに耐えかねて実家に里帰りするが、両親に諭されて婚家に戻る決心をする。そのときにたまたま乗った人力車の車夫が彼女の幼馴染(おさななじみ)だったのだ……。

読んでいるうちに目がうるうるしてきて、武蔵は何度も嗚咽をこらえながら読み進めた。最後はこのふたりがめでたく結ばれるのかと思っていたら、あまりにつらい結末で、ついに武蔵の両目から涙がぼろぼろとこぼれた。太い腕で目をこすっていると、

「おーい、握り飯持ってきたぜ」

いきなり戸が開いて、弐助が入ってきた。武蔵はあわてて顔を両手で上下にしごき、

「かたじけない。ちょうど腹が減っていたところだ」

「ここに置いとくよ。――おう、宮本さん、泣いてるのかい？」

「泣いてなんぞおらぬ」

「でも、目から水が出てるぜ。ああ、わかった。田舎から急にこんな都会に出てきて、ふるさとが恋しいんだろう」

「ば、馬鹿なことを申すな」

「いいってことよ。見なかったことにしといてやるから、今夜は泣くだけ泣きな。明日っからおたがい一生懸命働こうぜ」

ひとり合点して弐助は行ってしまった。武蔵は、弐助が作ったという握り飯を頬張りながら、もうひとつの小説を読みはじめた。それは「たけくらべ」という題で、「十三夜」に比べてもかなり長い作品であった。

廻れば大門の見返り柳いと長けれど、お齒ぐろ溝に燈火うつる三階の騒ぎも手に取る如く、明けくれなしの車の行來にはかり知られぬ全盛をうらなひて、大音寺前と名は佛くさけれど、さりとは陽氣の町と住みたる人の申き、三嶋神社の角をまがりてより是れぞと見ゆる大厦もなく、かたぶく軒端の十軒長屋二十軒長や……

ひと息の長い文章に、はじめのうちこそ握り飯をむしゃむしゃ食べていた武蔵だったが、作品に没頭しだすと咀嚼がゆっくりになり、ついには握り飯を手に持ったままじっと文章に目を落とすだけになった。

いつ呼吸をしたのかも覚えていない。気がつくと読み終えていた。手のなかの握り飯はぐしゃりと潰れていた。

（小説というのは、なんとすごいものなのか……）

武蔵は心を鷲づかみにされ、ぐらぐらと揺さぶられていた。「たけくらべ」というのは、簡単に言うと、吉原で暮らす少年少女の微妙な心理を描いた作品である。たいしたことはなにも起こらない。ただ、淡々と三人の日常がつづられるだけだが、武蔵は一刻ほどのあいだ、作品の世界に耽溺した。

（ただの言葉の羅列で、これほど深い世界を作り上げることができるのか……）

武蔵はしばし、空腹を忘れた。そして、

或る霜の朝水仙の作り花を格子門の外よりさし入れ置きし者の有けり、誰れの仕業と知るよし無けれど、美登利は何ゆゑとなく懐かしき思ひにて違ひ棚の一輪ざしに入れて淋しく清き姿をめでけるが、聞くともなしに傳へ聞く其明けの日は信如が何がしの學林(がくりん)に袖の色かへぬべき當日なりしとぞ。

という末尾の文章を読んでいるうちに、武蔵の心になんとも形容しようがない感情が沸き起こってきた。それは、

(俺も……こういうものを書いてみたい)

という衝動だった。

第三話　武蔵、小説を書く

翌朝、武蔵は弐助に、

「銭湯へ行こう」

と誘われた。

「戦闘？　敵は幾足でござるか」

「そうじゃねえよ。銭払って湯に入るから銭湯。平たく言やあ湯屋ってことだ」

江戸にはそのようなものがある、と聞いたことはあったが、武蔵はもちろん利用したことはなかった。行水はおろか、川での沐浴すらほとんどせず、垢を衣服のようにまとっていた男なのだ。

「その臭さじゃ客が寄り付かねえ。江戸っ子は一日一遍はかならず湯に入るもんだぜ」

「俺は江戸っ子ではない」

「能書き言ってもダメだダメだ」

いくら断ってもきかないので武蔵は仕方なく弐助とともに、近くにある「三平湯」という風呂屋に行った。着物を脱ぐと弐助が目を丸くして、

「へえええ……宮本さん、すげえ身体だねえ。まるで浅草の仁王さんみてえにムキムキしてらあな。それに傷だらけじゃねえか。鉄のタワシでこすったのかね」

なかに入ると、早朝のこととて相客は数人だった。壁に描かれた達磨の絵が湯気に埋もれている。稚拙な絵である。

（俺ならこうは描かぬな）

絵など描いたことはないが、なんとなくそう思った。この達磨はしまりがなく、だらしない。

いきなり湯に入ろうとすると、

「ああ、待ちなせえ。まずは垢を落としてからだ。でねえと湯が真っ黒になっちまう」

弐助はそう言うと、武蔵を板の間に座らせ、背中をこすり始めた。

「そんなことをしてもらわずともよい。ひとりでできる」

「なあに、背中の隅なんぞは自分じゃ届かねえ。気にしなさんな。——それにしてもでけえ背中だねえ。こすり甲斐があるってもんだ。うひょお、垢がすげえや。何年分溜めていなすった」

「何十年分だ」

「はっはっはっ……物持ちがいいにもほどがあらぁ」

すっかり垢を落とした武蔵は弐助の背中をこすろうとしたが、ひとこすりで弐助は悲鳴を上げ、

「やめてくれ！　あんたの馬鹿力でごしごしやられちゃ、背中の肉がなくなって骨ばかりになっちまうよ。早く湯に浸かりなせえ。言っとくが、江戸っ子は熱いのを好むから気を付けなよ」

そう言われたので武蔵はこわごわ湯舟に浸かった。

「う……うう……おおおっ」

生まれてから一度も「熱い湯」に浸かったことのない武蔵にとって、それは衝撃の体験だった。鎧のようにたっぷり溜め込んでいた垢が一度になくなり、そこへ江戸っ子好みの熱い湯が食いついてきた。痛い……痛い！

「これは……うむ……なかなか……」

傷のひとつひとつに塩のように染みる。しばらくするとその痛みがじわじわと心地よさに変わってきた。

「ううむ……」

武蔵は湯舟に頭の先まで沈めた。長髪がぶわっと広がった。ふたたび顔を出した

とき、武蔵は壁の達磨図を見た。

（悪くない……）

さっきとはまるで違った感想になった。くつろいで眺めると、このだらしない達磨が、ひょうきんで軽妙でいかにもこの場所にふさわしく思われたのである。

その日から武蔵は車宿「走竜社」の社員として働いた。はじめのうちこそ東京の地理がわからずとまどうこともあったが、道を覚えようと努力を重ねているうちに大路はおろか裏通りにまで通じるようになった。江戸時代とは地名が変わっていることも多かったが、それも頭に叩き込んだ。剣術への接し方同様、武蔵はおのれの今の仕事に対しても真面目に取り組んだのだ。

車の曳き方もすぐに上達した。ただ単に速く走るのではなく、客が乗り心地良く感じるような走り方を心掛けた。力任せに引っ張ればよいというものではないことも、刀の扱いと同じだった。コツさえわかれば最小限の力で軽々と走ることができる。

次第に「宮本ひさし」の名は客のあいだでも評判が上がり、常連のなかには「宮本さんを頼むよ」「今日は急いでるんだ。宮本くん、空いてるかね」と武蔵を名指しするものも増えてきた。

「よく飲むねえ……」

車夫の先輩弐助が呆れたように言った。その日は朝から雨で客がほとんどなく、武蔵も弐助も早々に見切りをつけて長屋の武蔵の部屋で飲んでいたのだ。弐助が湯呑み一杯の酒をとろとろ飲んでいるあいだに武蔵はがぶがぶと浴びるように干す。

「宮本さんは俺より稼ぐようになっちまったから金はあるだろうけどさ、そんなに飲んだらすぐになくなっちまうだろう。ちいとは貯金しとかねえといけねえぜ。雨降り風間病み患いってことがあらあ」

「ご忠告かたじけないが、こんなに美味い酒を飲んだのははじめてなのだ。飲み始めるとどうにもとまらぬ」

「へええ、ただの安酒だけどね。宮本さんの故郷（くに）じゃあよほどまずい酒ばかりだったんだね」

武蔵の時代には清酒はなかった。明治の酒は透明でコクがあり、なんとも言えない口当たりなのだ。

「さよう。故郷でまずい酒を飲んでいた分を一気呵成（かせい）に取り戻す決意だ」

「ははは……まるで城を奪うみてえな言い方だ。——まあ、今夜は飲もうや。あっしもうれしいのさ。あんたが車屋に向いてるってにらんだこの目に狂いはなかったってね」

「向いてるかね」

「向いてるとも。生まれついての車曳きだ。東京でいちばん早えんじゃねえかな。

今度、車夫の競争があるから出てみなよ。一等になったら商品に米や醤油をもらえるらしいぜ」

「あいわかった」

武蔵は、「生まれついての車曳き」と言われて少々とまどっていた。自分では生まれついての剣術遣いのつもりだったのだ。しかし、刀を持てぬ世界に来てしまったのでやむなく車を曳いているのだ。

(運命というのは不思議なものだな……)

そんなことを思いながら武蔵は酒を飲んだ。

翌日も雨だった。しかも土砂降りだ。武蔵は早々に仕事に出るのをあきらめた。ふところに二冊の本を入れると、二日酔いで寝込んでいる弐助に傘を借り、長屋を出た。行き先は夏子……樋口一葉の家だ。
「ごめんくだされ」
門口で声をかけると、なかから夏子の母多喜が顔を出し、
「まあまあ、先日の……お怪我の具合はいかがですか」

「おかげ様でもうすっかりようなってござる。今日は夏子殿に借りていた小説を返しにまかりこした。夏子殿はご在宅か」

「夏子はおるのですが、ただ今仕事のことで客と会うておりますの」

「さようでござるか。ならばこれを夏子殿にお返しくだされ。俺は帰ります」

「いえ、せっかくお越しなのですから、しばらくお茶でも飲んでお待ちいただけませんか。夏子はあれから毎日のように、宮本さんのお越しがない、宮本さんはどうしたのだろう、とあなたさまのことばかり……。お引止めしないと私が叱られます」

そのとき奥から、

「お母さま、もしかしたら武蔵さまがお越しではありませんか？　声が聞こえたようですが……」

夏子の声がした。

「そうなのだけど、おまえの用が済むまで待っていてもらおうかと思ってね」

「いえ……宮本さんならかまいません。こちらにお通しください」

「あらあら、そうなのかい。——では、宮本さん、奥へどうぞ。よかったねえ、夏子、お待ちかねの宮本さんがいらして」

多喜がそう言いながら襖を開けると夏子は赤面して、

「お母さま、そんなことは言わなくてもいいのです。早く向こうに行ってください」

夏子の客というのは、洋装の若い女だった。夏子はその女に、

「このひとはそれは面白いお方なのです。私にはまだこの世にかような方が存在することが信じられません。亀井さんに一度ご紹介したくて……今日はいい機会です」

女は武蔵に軽く会釈すると、

「文朝堂という出版社で編集者をしております亀井葉子と申します。小説の編集部におりますが、うちで出している雑誌の記者も兼務しております」

「宮本……と申すもの。今は走竜社という車宿で人力車夫をしております。以後、ご昵懇にお願いいたす」

「まあ、宮本さんはまるでお侍のような物言いですね」

夏子が悪戯っぽい顔つきで、

「このひとはお侍なのです」

「え？」

夏子は声を潜めると、

「この方は……宮本武蔵なのです」

亀井葉子は笑い出し、

「だとしたら今、三百歳ほどのご長命のはずですが、どう見てもまだお若いお方の

ようですが……」

「江戸時代から、時を超えて明治の世にやってこられたのです」

「ほほほほ……さすが樋口先生、小説家というのは空想たくましいですね。時間を超える、などという発想は私にはありませんわ」

「空想ではないのです。この方はまことの宮本武蔵、もしくは……」

「もしくは？」

「天才的な大嘘つき。でも、私は本物だと思っています」

「その根拠は？」

「小説家としての直感です」

小説家という言葉で思い出した武蔵は二冊の本を懐から取り出すと、

「長らくお借りいたした」

「お読みいただけましたか」

武蔵はうなずき、

「心に響いた。ことに『たけくらべ』はすばらしかった」

「ありがとうございます」

夏子は本当にうれしそうだった。亀井葉子が、

「『たけくらべ』は今、東京の文士や出版社のあいだでも話題になっております。

もうじき『文藝倶楽部』に一括掲載されるそうですが、そうなったらもっと評判が上がるでしょう。なので私も、うちの雑誌に樋口先生の作品をいただきたいと、先日からこうしてお願いに参っているのです」

夏子は、

「書きたいのはやまやまなのですが、近頃体調がすぐれなくて……。私が一家の稼ぎ頭なのでたくさん書かなければならないのに、困ったことです」

「私は先生に書いていただける日をいつまでも待っていますよ。——ねえ、宮本さんもそう思うでしょう?」

「うむ。夏子殿の小説はなんというか……心情がこもっている。俺もこういうものが書いてみたい、と思った」

亀井葉子が目を輝かせて、

「あなたも小説を書くのですか?」

「い、いや……そうではない。もし書くとしたら、ということだ」

小説家志望などとでたらめを言うと、正岡子規邸でのような失態を繰り返すことになる。しかし、夏子は、

「それってとてもよい考えだと思います。武蔵さま、一度小説を書いてみてはいかがでしょうか」

「ははは……剣術に明け暮れてきた俺には無理だ」

「そんなことはありません。私などが思いもよらぬような体験を重ねてこられた武蔵さまには武蔵さまにしか書けない世界があるはずです。それを私は読んでみたい」

亀井葉子も、

「もし、作品が仕上がったらぜひ私に見せてくださいまし」

武蔵は一瞬、人力車夫が池のなかで仇討をする話を思い浮かべたが、口にはしなかった。すると、夏子が言った。

「宮本武蔵のことを書いてもいいと思います。私たちが知っている武蔵は、父親を殺した悪者佐々木小次郎を巌流島で倒して、あっぱれ親の仇討をした剣豪……ということになっていますが、本当は違うのでしょう?」

亀井葉子がけらけらと笑い出し、

「宮本武蔵が宮本武蔵のことを書くなんて、自叙伝ということですね。これは面白いです。きっと売れると思いますよ」

茶を一口飲んだあと、

「そう言えば先日、私、佐々木小次郎の子孫だというひとに会いました」

「な、なんだと……!」

武蔵は身を乗り出した。突然形相の変わった武蔵に気圧されたか、亀井葉子はややたじろぎ気味で、

「え、ええ……編集長の取材に同行しただけですが……」

「それはどこに住むなんという人物だ。男か、女か」

「えーと……個人のことですので詳しくは申し上げられません」

「そ、そうだろうな。わかる範囲で教えてくれればよい」

「はい……弊社で出している雑誌の編集長のお供をして耶蘇教の教会に取材に行ったのです。神父さんだけでなく、そこに通っておられる信者さんからも何人かお話をきいたのですが、そのうちのおひとりが雑談のなかでこっそり、自分は佐々木小次郎の子孫だと打ち明けてくださったのです」

(佐々木小次郎に子孫がいるならば、夏殿の病は治り、だれかのもとに嫁いだ……ということだ)

武蔵はこちらの世界に来てから、今ほど安堵を覚えたことはなかった。

「そうか……ありがたい！　ありがたいことだ！」

思わずそう叫ぶと、亀井葉子は不審気に、

「なにがありがたいのです？」

「いや……こちらのことだ。――で、その御仁は佐々木小次郎についてなにか申し

ておられたか」

「いえ、別になにも……。佐々木小次郎についての取材ではありませんでしたから、ちょっと話題に上がっただけです。ただ、近頃、宮本武蔵の講談などで佐々木小次郎を天下の極悪人のように描くものだから、小次郎の子孫であることを言い出せなくて困る……という話をしておられました」

「講談というのは軍団講釈のことだな……」

一度、宮本武蔵の講談というのを聞きにいかねばならぬ、と武蔵は思った。

「では、その御仁は切支丹を信奉しておられるのだな」

「はい。とても熱心な信者さんのようです。耶蘇教は解禁になったとはいえ、まだまだ受け入れられてはおらず、教会や信者への暴力行為も多いそうで、なかなかたいへんのようです。取材中も投石があり、ポリスが出動していました」

「どんな宗教を信じようと勝手御免であるべきではないか」

武蔵はこれまで、「神仏を尊び神仏に頼らず」という信条を貫いてきた。決闘では、一瞬の迷いが生死を分ける。神仏に力添えを願うような甘い態度の剣客はとうてい長生きはできぬ。信じられるものはおのれの技のみ……そう思っていた。しかし、「時を超える」という異常な体験をして以来、その気持ちは少しずつ変わってきていた。この世には人智を超えた力が存在する……ということはたしかなのである。

「長い江戸時代に染み付いた考え方は一朝一夕では変わりません。耶蘇教はずっと邪宗だったのですから」

亀井葉子はそう言った。

「それに、女が小説を書いたり、編集者になったりと、男と肩を並べて働くことへの偏見も根強いです。今回、その雑誌では、文明開化とは名ばかりで、じつは色濃く残っている旧弊な考えを特集することになり、その一環として耶蘇教の問題を取り上げたのです。私はみずから手を挙げて、取材に同行させていただいたのです」

武蔵は、この女性編集者が太い肝をしていることに感銘を受けた。

「では、私はこれで失礼します。樋口先生、どうぞお身体をお大事になさってください。そして、元気になられたらかならずうちに作品を書いてください」

「お約束します」

亀井葉子は武蔵に向かって冗談っぽく、

「宮本武蔵さんも、自伝、よろしくお願いしますね」

部屋を出ていく亀井葉子の颯爽とした後ろ姿に、武蔵はたしかに「時代が変わった」ことを実感した。亀井葉子は力強く、自信にあふれ、やる気に満ちているようだった。武蔵は佐々木小次郎の妹夏のことを思った。

(夏殿も、生まれる時代が違っていれば、あんな風に胸を張って生きられたのではないか……）

　そう思わずにはいられなかった。

「武蔵さま、落ち着き先が決まったらすぐに知らせるとおっしゃっておられたのに、お越しがなかったので心配しておりました」

　夏子がそう言った。

「すまぬすまぬ。仕事がなかなか休めなくてな」

「さっき、車夫をしておいでとうかがいました」

「ひょんなことから『走竜社』というところに雇われた。――なにがおかしい？俺が車屋をしているのがおかしいのか？」

　急に笑い出した夏子に武蔵がそう言うと、

「そうではありません。武蔵さまも、車屋さんになったらお風呂に入るのですね」

　武蔵は顔を赤らめ、

「お、俺は風呂など入りたくはなかったのだが、客が寄り付かぬと叱られてな。仕方なく銭湯に行った」

「はじめての銭湯はどうでしたか」

「うむ……なかなかその……よいものだな」

「でしょう？」

「達磨がよい」

夏子は笑って、

「本当に私の小説、読んでくださったのですね。とてもありがたいです」

「評判がよいようだな。正岡という俳諧師もほめていた」

「なによりも武蔵さまにほめられたのがうれしいのです」

武蔵は鬢をぽりぽりと掻き、

「素人の感想だ」

夏子は座りなおすと、

「武蔵さま……聞いていただけますか」

「あらたまってなにごとです」

「はい……。私は幼いころから小説が好きで、いずれは文学に関わる仕事をしたいと思っておりました。ですが、母は女には学問はいらぬと考え、学校を退学させられました。そののち『萩の舎』というところで和歌を習うようになりましたが、十七歳のときに父が死去し、私が一家の生計を負うことになりました。五、六年まえに小説というものに手を染め、はじめての原稿料をいただいて、ようやくこの道一筋に生きようと思える仕事に出会えた、と思いました」

「家族三人の暮らしを支えておられるとは……見上げたものだ。しかし、体調がすぐれぬそうだが……」

「そうなのです。どうも塩梅が悪くて、ときどき熱が出たり、咳がひどかったりするのですが、とにかく小説を書かないとおあしをいただけないので、だましだまし仕事をしております」

「それはいかぬ。医者には診てもらったのか」

「それがその……」

夏子はしばらくうつむいていたが、

「お医者に行くのが怖いのです。もし、難病だったら、と思うと恐ろしくて、つい先延ばしにしてしまうのです」

「気持ちはわかるが……」

武蔵のなかでは、どうしても夏子が夏と重なってしまう。どちらも助けたい……武蔵はそう思った。そんな武蔵の気持ちを知ってか知らずか、夏子はにこりと笑い、

「書きたいものはたくさんあるのです。それを全部書いてしまわぬうちは死ぬわけにはまいりません。近頃は文士の知り合いも増えてまいりましたし、ほめてくださる方も大勢おられますし、仕事も少しずつ多くなってきて、なんとかやっていけるような気がしているのです。私のゴールイン……目標到達はまだまだ遠いのです。そんなときに……病気なんて……」

夏子は急に顔をくしゃくしゃにした。その両目から涙がこぼれているのを武蔵は見た。武蔵はうなずき、

「大丈夫だ。夏子殿は俺が守る」

夏子は大きく息を吐き、無理に笑顔を作って、

「ありがとうございます。天下の宮本武蔵が守ってくださるのなら、こんな心強いことはありませんものね」

ふたりはしばらく無言で見つめ合った。夏子の頰は紅潮していた。やがて、武蔵は咳払いすると、

「長居をした。そろそろおいとまいたす」

武蔵は、夏子の作品が載った雑誌を数冊借りた。夏子が何冊か推薦したほかの小説家のものも借りることにした。夏子は玄関まで見送りに来た。

「武蔵さま、小説をお書きになるというさっきのお話……ぜひ試みてください」

「ははは……あれは冗談だ。俺に小説など書けるはずがない」

「そんなことはありません。武蔵さまにしか書けないものがあるはずです。私は武蔵さまならきっと小説家になれるのではと思います。なんといっても、戦国時代や江戸時代初期のことを身をもってご存じなのは武蔵さまだけなのですから。それに、兵法者として我々平凡な人間が想像もできないような体験をなさっておいでです。

私は……武蔵さまが書くものを読んでみたいです」

夏子の言葉には熱がこもっていた。武蔵の心は少し動いた。

（俺が……小説を書く……）

考えてもみなかったことだ。小説はおろか、文章や手紙を書いたり、絵を描いたりしたこともほとんどない。そんな暇があったら素振りをした方がいい……そう思ってきた。

「では、失礼いたす」

武蔵が頭を下げると、

「つぎはいつ来てきただけますか」

「今日お借りした小説を読み終えたら参る。だが、それはそれとして、夏子殿……」

「はい？」

武蔵は思い切って言った。

「今度、一緒に講談を聞きにいかぬか」

翌日は快晴だった。武蔵は湯島のあたりで客待ちをしていた。

「車屋、田端（たばた）までいくらで行く？」

「上野ですか。そうですね……」

言いながら振り向いた武蔵は、客の顔に見覚えがあった。

「おまえはたしか……」

それは、正岡子規を袋叩きにした学生たちの頭目格の男だった。たしか剛田という名だ。武蔵はその学生が怒り出すものと思っていたが、予想に反して男はにやりと笑い、

「そうか、貴様、車夫だったのだな。——よし、田端まで行け」

「ほほう、乗るのか。金はもらうぞ」

「無論だ。しかし、金を払うのだから我輩は客だ。客の言うことはどんな無理難題でもちゃんと聞くだろうな」

なるほど、そう来たか、と武蔵は思った。

「わかった。乗れ」

「たわけ！　客に向かって『乗れ』とはなんだ。お乗りくださいませ、旦那さま、と言い直せ」

「お乗りくださいませ、旦那さま」

「それでいい。言葉遣いに気をつけろよ。我輩がなにか言ったら、『へえ』と答えろ」

そう言うとわざと乱暴に座席に座り、

「さあ、行け」

武蔵が梶棒を上げて走り出そうとすると、

「あそこに日傘を差した若い女がいるな」

「ああ」

「へえ、だ」

「へえ」

「あの女に突き当たれ」

「突き当たるのはご勘弁ください。いくら客の頼みでも、他人に怪我をさせるわけにはまいりません」

「なら、突き当たるふりをしろ。仰天させてやれ」

「へえ」

武蔵はその娘に向かって車を走らせ、ぶつかりそうになる直前に、

「すみません！」

そう叫んで車の向きを変え、走り去った。

「はははははは……面白い。つぎは……あのポリスだ」

見ると、いかめしい顔つきの警官があたりを睥睨しながらやってくる。武蔵は苦笑いしながら、そのポリスに突進した。

「こ、こらあ！　き、き、き、貴様、なにをする！　危ない……危ないではないか！」

警官は八の字髭を震わせながら叫んだあと、ずてんと尻もちを突いた。

学生は愉快そうに声を上げた。

「あっはっはっはっ……ざまあみろ」

「国家権力に対する反抗だ。許せん。そこの車、止まれ！　止まらぬか！」

警官はサーベルを抜き、
剛田は武蔵に、

「捕まったらやっかいだ。飛ばせ、飛ばせ」

「へえ」

武蔵は足に力を入れて走り出した。

「待てえっ」

警官はしばらく追いかけてきたが、途中で断念して座り込んだ。

「ほほう……貴様、早いな」

剛田は感心したように武蔵に言った。その後も剛田は、武蔵に無理難題をあれこれと注文したが、そのたびに武蔵はたくみにそれに応えた。やがて、車は鉄道の線

路沿いに出た。剛田は突然、

「いかん！　存外と時間を食うた。貴様がポリスやなんぞにちょっかいをかけたからだ」

「旦那さんがそうせよと言ったからでしょう」

「客に口答えするな！　我輩は急いでおる。おい……あの汽車を抜け」

「は？」

「あそこに走っている汽車が見えぬのか。あれと駆け比べをして勝て、と言うのだ」

　武蔵が線路を見ると、陸蒸気が白い煙を吐き出しながら走っている。

「どうだ、無理だろう。無理ならば降参しろ」

「降参とは？」

「田端までの代金をタダにしろ」

　武蔵はにやりと笑い、

「はじめからそのつもりだったか。――あの汽車に勝てばいいのだな」

「そうだ。できるわけは……うわあっ」

　武蔵はいきなり速度を上げた。おのれの脚を汽車の車輪だと思ってひたすら回転させた。汽車と並走しながらもスピードを増していった。

「うわああああ……ああ……ああ……やめろ！　やめぬか！　もういい。客がいいと言ってるのだからやめろおおお」

「旦那さん、しゃべると舌を嚙みますぞ」

やがて、汽車と道が分かれるところが来たので、武蔵は速度を落とした。後ろを見ると、剛田は口から泡を吹き、顔面は真っ白だ。

「もう……………いい……のだ……」

「そうですか。遠慮なされず……」

「いい……のだ……いい……」

「それはありがたい。これ以上走ると車がぶっ壊れるところだった。そうなれば旦那さんも無事ではすみません。——おっと、田端に着きました」

武蔵は車を止めた。剛田はよろよろと降りてきた。

「ああ……よく命があったものだ。死ぬかと思った。本当に汽車を抜きそうだった。すごい体験をした……」

「旦那さん、車代をいただきます」

「な、なに？　こんな怖い目に遭わせておいて、金まで取ろうというのか。この朦朧車夫め！」

朦朧車夫というのは、客に因縁をつけて金を巻き上げる悪徳車夫のことである。

「旦那さんが汽車を抜けと言ったからそうしようと試みただけだ。金はもらうぞ」

剛田は拳を振り上げようとしたが、武蔵の腕前を思い出したか、舌打ちをして財布を出した。武蔵が値段を言うと、

「高い。少しまけろ」

「そうはいかぬ。陸蒸気と競うた分の走り増しも欲しいところだ」

「貴様の属している車宿に、乱暴な走り方をして客の心胆を寒からしめる車夫がいる、と訴えてやる」

「どうぞご勝手に」

剛田は金を惜しそうに武蔵の手に叩きつけた。武蔵はにやりと笑い、

「金をもらったうえは、もう客ではない。おまえを殴ろうと蹴ろうとかまわぬ、ということだな」

「なななんだと、やる気か！」

剛田は数歩下がった。

「もう一度乗ってくれれば、また客扱いしてやるぞ。帰り車ゆえまけてもかまわぬ」

「だれが乗るか！　二度とご免だ。おお覚えておれ、今度はわが帝大剣術同好会を挙げて貴様をぶちのめしてやる」

「ははは……徒党を組まねばなにもできぬのか。いつでも相手をしてやるぞ」

「我輩はともかく、わが師大山志朗兵衛先生は当代一の名人だ。貴様など一撃で倒すだろう」

「はっはっはっ、その先生とやらにお会いできる日を楽しみにしておるぞ」

剛田は逃げるように去っていった。

武蔵はさすがに疲れたので、路傍に座って休んだ。ここまでくると東京といっても田舎である。田畑が広がり、のんびりとした光景だ。武蔵があたりをなにげなく眺めていると、畑の真ん中にひときわ目立つ南蛮風の建物がある。見慣れた木造の家とは明らかに違う煉瓦（れんが）造りで、先の尖った塔のようなものを中心に、三角形の屋根が連なっている。興味を覚えた武蔵が近づいてみると、門には「天草基督教会（あまくさキリスト）」という大きな看板が掲げられ、その横に「天草女学校」という小看板があった。なぜかどちらの看板も穴だらけであちこちが破損していた。

庭の植木を手入れしている若い男がいる。建物のなかから十代半ばとおぼしき女子がぞろぞろと出てきて、

「神父さま、さようなら」

「ああ、気を付けてお帰りなさい」

女子たちが去ったあと、武蔵は男に話しかけた。

「ここは切支丹の寺なのか？」

　男は警戒した様子で、

「そうですけど、なにか……？」

「いや、俺は害を加えに来たものではない。たまたま通りがかった車曳きだ。もしかするとここに通う信者のなかに佐々木小次郎の子孫がおらぬか、と思うてな」

「ああ、そうでしたか。よくご存じですね」

　的中したことに武蔵自身が驚いた。まるで小説のようではないか。

「まあ、ちょっと小耳に挟んだのだ」

　男は安堵した風に、

「隠すことでもないのでお教えしましょう。佐々木功次郎さんとおっしゃる方で、本当かどうかわかりませんが、当人の言によると佐々木小次郎のご子孫だそうです。熱心な信者さんで、しょっちゅう来られています。今日はおられませんが……」

「そうか……」

　武蔵は、その人物に先祖のことをたずねたかった。夏のその後のことがなにか伝わってはいないか、と思ったのだが、

（場所はわかったのだ。また、いずれ来ればよい……）

　そう思ったとき、

「私はこの教会の神父で沢田と申します。じつはこの教会もある歴史上の人物に深いつながりがあるのですすよ」

沢田は茶目っ気のある表情で言った。

「ほほう……だれかな？」

沢田は、少し間を置いてからゆっくりと、

「天草四郎です」

「知らぬな」

「えっ？　天草四郎をご存じありませんか」

心外だ、というような顔つきで沢田は肩をすくめ、

「島原の乱で幕府軍と戦った切支丹の総大将です。益田四郎時貞というのが本名で、小西行長の家臣益田好次の遺児とされています」

「小西行長といえば名高い切支丹大名ではないか。その家臣が徳川相手に乱を起こしたというのか……」

「あの……島原の乱、本当に知らないのですか」

「俺は無学ものでな、よかったら教えてくれ」

「寛永十四年に長崎の島原で起きた一揆でして、領主の弾圧に耐えかねた切支丹たち三万七千人が蜂起したのです。それを率いたのが神の子と呼ばれた天草四郎です。

徳川家の命令で諸大名が軍勢を送り、その数は十三万人と言われています」

「どちらが勝ったのだ」

「あなた、本当になにも知らないんですね。一揆軍は原城に立て籠もったのですが、多勢に無勢でついには全員が殺されてしまいました」

「………」

「この教会は、天草出身の私の父がデウスのために命を投げ出した天草四郎の偉業を顕彰するために建てたものなのです。遺品を祀った記念館も併設されています」

「ふーん、そうか」

武蔵のあまり興味のなさそうな様子に沢田は、

「あなた、天草四郎のことは知らないのに、どうして佐々木小次郎には関心があるのですか」

「じつは俺は宮本武蔵……いや、武蔵ゆかりのものなのだ」

「なるほど、武蔵のご子孫でしたか。それはすごいですね」

車のところに戻った武蔵は、「宮本武蔵」という名前がこの時代ではかなりの有名人扱いであることにまたしても驚かされた。

（俺がいた時代よりも、こちらの世界での方が知られているかもしれん……）

なんだかくすぐったいような気がした。俺は宮本武蔵だぞ、と叫びたくなった。しかし、もうそれを証明する手立てはない。この時代では剣を振ることは許されぬのだ。

その場を辞そうとしたとき、

「もし耶蘇教にご興味があるなら、ぜひまたお越しください。歓迎いたします」

「そ、そうか。あいわかった」

武蔵は正直、切支丹のことはなにも知らなかったし、一種の邪教のようにも思っていたので、沢田という神父のにこやかな笑顔に違和感を覚えた。

武蔵は毎晩のように長屋の自室で酒を飲みながら小説を読んだ。一読では理解できぬものも多かったが、繰り返し読んでいるうちに意味がわかってくる。武蔵は次第に小説の読み方を理解していった。流麗な文章を味わうもの、起伏ある物語を味わうもの、登場人物の心理の動きを味わうもの、現実に即した自然な描写や展開を味わうもの……作品によってそれぞれ読みどころは異なるのだ。
夏子の書いた「大つごもり」「にごりえ」「この子」などは美しい文章のなかから一種の凄みが浮かび上がり、武蔵は深く心を動かされたが、ほかの小説家の作品もじつに面白いものばかりだった。たとえば、幸田露伴の「風流仏」と「五重塔」と

いう作品は芸術家の心情をたくみに活写した真摯かつ波瀾万丈の物語に思えたし、森鷗外の「舞姫」は武蔵が見たこともない外国を舞台にしての恋愛が描かれていた。どの作品にも、文明開化以降の近代精神が大なり小なり感じられた。

異人が書いた小説も楽しいものばかりだった。バーネットの書いた「小公子」というのは、頑固で怒りっぽい貴族の老人の心を無邪気で優しい少年が解きほぐしていく物語で、読み終えたとき武蔵の目にはうっすら涙が浮かんでいた。しかし、彼をもっとも興奮させたのはジュールス・ベルネという小説家が書いた「月世界旅行」という本だった。なんと、人間が入った巨大な砲弾を大砲で撃ち、月の世界に行く、というとんでもない物語なのだ。しかも、ただの法螺話ではない。武蔵にはよくわからなかったが、さまざまな学問的な手当てがなされていて、本当に月まで行けそうな書きぶりである。そもそも武蔵がいるこの場所は「地球」という星であって、月はその衛星だという。

（月か……）

血で血を洗うような決闘の日々を送っていた武蔵に月を愛でるような風流心はなかった。そんな気持ちの余裕がなかった、というべきかもしれない。だが、一乗寺下り松で吉岡一門を迎え撃ったときに中空にかかっていた鎌のような三日月は今も目に焼き付いている。しかし……。

（月にはウサギやかぐや姫がいると思うていたが、そこに砲弾で乗り込むとは、異人の空想力はとんでもないものだな……）

武蔵は、十頭のクジラと戦った……程度の法螺で満足していた自分を恥じた。小説を書くには、並外れた想像の力と現実を見据える力の両方が必要なようだ。

（地球から月に行けるならば、火星や水星にも行けるかもしれぬ……）

火星や水星は月よりもずっと遠いそうだ。そこまで到達するには砲弾では無理だ。天空を行く巨大な船を造り、蒸気の力で風を起こして空を飛ぶ、というのはどうだろう……と武蔵は夢想した。

（でも、俺に……書けるだろうか……）

武蔵はそう思った。夏子が言った、武蔵にしか書けないものがある、武蔵が書くものを読んでみたい……という言葉が頭に浮かんだ。武蔵は、紙と硯、筆を取り出し、小さな机に置いた。湯呑みに残っていた酒を飲み干すと、ゆっくりと墨を磨りはじめた。

◇

「こらあ！　ちゃんと打たんか！」

広場に大声が響く。

「ダメじゃダメじゃ！　そんなへっぴり腰ではあの投者は打ちとれんぞ！　腕が折れる勢いで振ってみぃ！」

ベンチに腰掛け、声を枯らしてヤジっているのは正岡子規である。その周辺には七、八人の男たちがいる。ほとんどは若いが、かなり年配のものも混じっている。

十人ほどの若い男たちが広場のうえに分散している。ほとんどは素手だが、片手に芭蕉の葉のように大きな革の手袋をはめているものもいる。中央にいる男が革で包んだ小さな球を手に持ち、それを離れたところに座った男に向かって投げつけている。そのすぐ横に立っている男は木の棒を持ち、球に当てようとして振り回している。

（ここだな……）

武蔵は広場に入っていった。

「おお、宮本さん、来てくだすったか」

子規がすぐに気づいて右手を挙げた。武蔵は近づいていき、

「お招きにより参上いたしました」

武蔵ははじめて子規に会って以来、二度ばかり根岸の子規庵を訪れ、文学についてのさまざまな意見を拝聴した。そのとき、今度ベースボールの試合があるから来てもらいたい、と誘われたのである。ベースボールとはどういうものか、と子規か

ら口頭で説明は受けたのだが、さっぱりわからない。九人ずつの甲組と乙組にわかれて、投げた球を棒で打つ勇壮な試合だ、と聞き、

（足軽隊がやる槍試合のようなものか……）

と思い、ぶらりと見物に来る気になったのだが、今ちらと見たところではまるで武蔵の想像していたものとは違うようだ。子規は上機嫌でまわりのものたちに、

「話をしておった宮本ひさしさんじゃ。なんと言うても脚力はすごい。今は人力を曳いておられるけん折り紙付きじゃ」

「ほう……ならばベースに出たら脚で一点取ってくれるかもしれん。もう試合はこの回でおしまいじゃ。今、うちの組は負け色が濃い。せめて一点でも返したいから、ぜひ入ってほしいき」

ひとりが言った。武蔵が、

「混ぜてもらうにも、俺は素人ですから……」

「スポーツをするのに玄人の素人の、ということはないぞな。もうじき希臘国（ギリシャ）で、世界中から素人の選手を集めて、オリムピックというスポーツの大きな祭りの第一回が行われるそうじゃ。仲の悪い国同士もこのときだけは戦争をやめてスポーツに興じる。上手い、下手、勝ち負けは関係がない。玄人でも素人でも楽しめるのがスポーツの愉快なところぞな」

「そうは申しても、この球合戦の法を存じあげぬ」

子規は手をひらひらと振り、

「法なんぞどうだってええ。棒を持ってあすこに立ち、向こうにおるピッチャー、つまり、投者が投げてきた球を打つだけじゃ」

「ほほう……球を打てばよいのですか。それぐらいならできそうです」

べつのひとりが、

「いやいや、簡単そうに見えるが、なかなかむずかしい。あの投者はどこで修業してきたのか知らんがたいへんな名人じゃわ。――ほれ、打者を見てみい」

そう言って棒を持って投者と対峙(たいじ)している男を指さした。打者は真剣な顔つきで棒を思いきり振ったが、球にはかすりもせず、肩を落として子規たちのところに戻ってきた。べつのものが棒を受け取り、その男の肩を叩いて、

「清(きよし)、わしが仇を討ってやる」

と言って打席に向かっていった。清と呼ばれた男は子規に、

「すまんすまん。つい油断したぞな。いつもならあんなへぼピッチャー、ぜったい打ちとっとるわい……」

「えらそうに言うな。まだ、一度も球に当てておらんくせに」

「今日は、のぼさん、どうも調子が悪いんじゃ」

子規は武蔵に、

「どうじゃ、宮本さん。清はこんなことを言うとるが、あんたはどう思う」

「残念ながら、この御仁にはあの投者の球は打てませぬ」

清は、

「な、なんじゃと？　あんたはだれじゃ」

「俺は宮本というものだ。お見知り置きを願いたい」

「私(あし)は高浜(たかはま)清じゃ。あんた、ベースボールをしたことはあるのか」

「ない。ないが、剣術の心得はある」

「は？　剣術とベースボールは関係ないぞな」

「関係なくはない。俺の目から見ると、貴殿の腰と足の置き様(よう)、目の配り、棒の振り出し方……どれも間違っている。ちぐはぐで隙だらけだ。あの投者の投げ方には隙がない。腕を振り上げ、振り下ろす動き、間合い、速さなぞは、どれも貴殿の力量を上回っているのだ。打てるわけがない」

清は憤慨し、

「初対面で無礼千万じゃ！」

「正岡氏に問われたゆえ存念を申し上げたまでのこと。悪う思わんでくだされ」

「ならば、あんたは打てるちゅうのか」

武蔵はもう一度投者に目をやり、

「打てる」

「大きな口を叩いたな。ならば、打ってみい。打てたら私（あし）が今晩酒をおごってってやるぞな」

武蔵は子規に、

「やってみてもよろしいか」

「どうせわが軍の負けは決まったようだからかまうまい。あの投者を打ち崩してくれ」

つぎの打者も頭を掻きながら戻ってきて、

「いかんわい。清の仇を討とうとしたが、返り討ちに会うてしもた。あやつ、球が速いうえ、外曲（アウトカーブ）や内曲（インカーブ）、墜落（ドロップ）なんぞの小技を使うけん、目が球に追いつかぬ。たいへんな巧者じゃ」

子規は武蔵に、

「とにかくバット……その棒を球に当てることぞな。当てさえすれば、うまくまえに飛んでくれるかもしれぬ。そうなったら、全力であそこにある白い座布団のような基に向かって走るんじゃ。球を取った選手が、基を守っている番人に投げるが、その球より宮本さんが早く基にたどりつけば……」

「わが軍の大勝利か？」

「違う違う。それを四度繰り返して、打者のところまで戻ってこれたらようやく一点じゃ」

「気の長い戦だな……」

武蔵はバットを受け取った。大刀を振り回していた武蔵にとっては軽すぎるぐらい軽い。しかし、久々に刀に似たものを持つことで武蔵の精神は引き締まった。

「もう一本もらいたい」

「どういうことじゃ」

「俺の流儀は二本使うのだ」

清が呆れたように、

「そんなこと、規則違反じゃ」

子規は笑って、

「面白い。どうせ負け試合じゃ。かまうものか。――宮本さん、やってみられよ」

「では、出陣してまいります」

武蔵は子規に頭を下げた。清は、

「ふん……ベースボールをしたことがない門外漢に打てようはずがない」

そう言うと武蔵をにらみつけた。武蔵は打席に立ち、左手のバットをまえに出し、

右手のバットを引き絞るように構えた。相手チームからは、

「なんじゃ、太鼓でも叩くのか」

「負けるとわかって、ずぶの素人を出してきたな」

「妙な打ち方で攪乱するつもりか。そうはいかんぞ」

「横田、三球で打ち取ってやれ」

などとヤジが飛んできたが、武蔵が投者の目をぐいとにらみ、

「いざ、参れ！」

裂帛の気合いを込めてそう叫ぶと、投者はぶるっと震え、相手チームは静まり返った。投者は額の汗を拭き、呼吸を整え、間合いを計っていたが、ほとんど振りかぶらずいきなり一球目を投げてきた。焦ったのか、攫者が構えたところからは大きく逸れそうだった。

「宮本さん、そいつは外れるぞ。打たんでもよい！」

子規の声が聞こえたが、武蔵には「外れる」という意味がわからなかった。

（なんだ、これは……）

武蔵には、球がいかにも遅く思えた。決闘の場の刹那刹那に打ち下ろされる必殺の刀の速度に比べると、亀のようにのろいではないか。

（こんなものか……）

武蔵はバットを振り上げた。腕の筋肉がぶくぶくと盛り上がった。

「でえいっ！」

まず、左手のバットを長く伸ばし、球をうえから叩いた。地面に当たって跳ね返った球目掛けて今度は右手のバットを一閃させる。ズコーン、という重い音とともに球は空中をすさまじい速度で飛び、はるか彼方にあった大寺の屋根まで届いた。敵も味方も口をあんぐりと開け、寺の屋根を見ている。しばらくして子規が、

「審判……審判！」

皆と同様屋根を眺めていた審判がはっとして子規を見た。

「今のは文太球（ホームラン）じゃな。一点返したぞな」

子規が言うと審判は、

「ば、馬鹿な！　宮本武蔵じゃあるまいし、バットを二本持つなど許されぬ」

「しかし、あんたは彼が二本持って打席に立つのを黙認したではないか」

「一本捨てると思うたのだ。まさかそのまま打つとは……」

武蔵は自分の名前が出たことが照れ臭かった。

結局、武蔵の一打は規則違反で無効ということになり、試合もそのまま終了してしまった。

終わってから皆で子規庵に赴いた。武蔵もぜひともと誘われ、同行した。酒が出た。

「やあ、愉快愉快。この世にベースボールほどおもしろきものはないぞな！」

子規は上機嫌だった。武蔵は隣席の若者にこっそりと、

「正岡殿はよほどベースボールをお好みなのだな」

「私にも理解できません。変態現象です」

河東碧梧桐と名乗った若者も小声で応えた。

「今日の功労者はなんちゅうても宮本さんじゃ。のう、みんな」

子規が言って、ほかのものもうなずいた。高浜清が、

「たまげたわい。おっとろしい馬鹿力じゃ。あれでベースボールをするのがはじめてとは……」

そう言うと武蔵に向かって深々と頭を下げ、

「宮本さん、私が悪かった。暴言を吐いたことを堪忍してくだされ」

「いやいや、俺も新参者なのに出しゃばりすぎました」

子規がにこやかにうなずき、

「これで仲直りぞな。試合には負けたが、宮本さんの一打で溜飲が下がった。敵方の連中のあのときの顔を見たか。愉快じゃったわい。さあ、皆、飲もう」

満悦した表情で盃に口をつけた途端、子規は大量の血を吐いた。皆が騒然とするのを子規は制して、

「あわてんでもええ。こんなもの、もう慣れっこじゃ。去年、日清戦争に従軍したとき船のうえでやらかした大喀血に比べれば今のは唾を吐いたようなもんぞな」

そう言うと、母親と妹を呼んで血の付いた衣服を着替えただけで、医者も呼ぼうとしなかった。

「宮本さん、今日の活躍の賞品じゃ」

子規は、子規庵を辞そうとした武蔵に紙の束を渡した。枡目が印刷されている。

「これは……?」

「原稿用紙じゃ。小説家志望なのに知らんのか」

ありがたくちょうだいしたあと、見送りにきた高浜清に、

「正岡さんの病気の具合……まことのところはどうなのです」

小声できくと、清は暗い顔でかぶりを振り、

「肺結核……つまり労咳です。脊椎に入ればカリエスという病になる。そうなったらえらいことです」

「まだ、そうはなっておらぬのですか」

清はしばらく無言だったが、

「わかりません。腰が痛くて歩きにくい、と言うておいでじゃから、もしかすると……」

「………」

「今日は宮本さんがおられるから平然を装うておりますが、いつもは私はもうじき死ぬ、と泣いたりわめいたりまわりのものを怒鳴りつけたり……」

「高浜殿は、そんな師に献身的に仕えておられるのですな」

「いえ、私は去年の末、のぼさんに、おまえを後継者に指名するから私の仕事を引き継げ、と言われたのを断ってしもうた。それ以降は、ベースボールだけの付き合いぞな。のぼさんはさぞ悔しかろうと思う。本当は自分の手で完成させたい文学の仕事を、他人の私などに託さねばならぬのだから。でも……私にはそんな力はない。手に余る。断る以外できんぞなもし」

清はそう言ってうつむいた。

◇

深夜、武蔵は机のまえでひとり唸っていた。小説を書くつもりなのだ。机のうえには子規にもらった原稿用紙と筆と硯がある。

小説を書く、といってもなにをどう書けばよいのかわからないのだ。夏子に借りた小説をかたっぱしから読破したことで、なんとなくできそうな気がしていたのだが、実際に書き出そうとすると一文字も書けない。

前半部分の構想はできていた。貧乏で赤貧洗うがごとき人力車夫が主人公である。彼はその仕事で懸命に一家を養っていた。ある日乗せた客が傲慢不遜で、

「俺は金を払うのだから、言うことをきけ」

と無理難題をふっかける。主人公は家族のために堪忍を重ねて耐え忍ぶが、ついにその客が、

「陸蒸気と駆け比べをして勝ったら代金を払ってやろう」

とまで言い出した。要するに払いたくないのだ、と思った主人公はその客を池に叩き込み……。

(うーむ……これでは先日、正岡殿と夏目殿のまえでしゃべったでたらめと同じじゃ……)

そこから先が思いつかないのだ。これではこのまえ体験したこととほぼ同じだ。それをそのまま書いて、果たして小説と言えるのだろうか……。

(待てよ……)

もちろん汽車と人間が速さを競ったとしても、当然人間に勝ち目はない。しかし、本当にそうだろうか。武蔵は夏子に借りたベルネの「月世界旅行」を思った。

(大砲の弾丸に乗って人間が月に行く……そんな小説も書かれているのだ。汽車と

人間が駆け比べをして人間が勝つ、そんな小説があってもいいのではないか。ましてや俺は、時を超えたのだから……）

武蔵が読んだ小説のなかには、自然主義というらしいが、面白おかしく戯作や芝居のような物語をつむぐのではなく、現実の世の中を見据えて「そのまま」を描くのがよい、とするような作品もあれば、「月世界旅行」のように荒唐無稽でめちゃくちゃだが血沸き肉躍る作品だってある。

（池に叩き込むまえに、主人公が車を曳いて陸蒸気と真剣勝負する、という場面は書けぬものか……）

人間は汽車に勝てぬ。人間が汽車に勝つにはどうすればよいのか……そんなことを考えているうちに、武蔵は眠りについていた。

「よろしいのか、仕事の方は。お忙しいと聞いていたが……」

武蔵が言うと夏子は、

「よいのです。たしかに書かねばならないものはたくさんありますが、今夜ぐらいはそういうことを忘れて楽しみます」

はしゃいだ声でそう言った。

武蔵と夏子は、近くにある講釈場「武辺亭」に来ていた。今日、宮本武蔵の講談が口演されると聞き、やってきたのだ。「武辺亭」は小さな席で、入ってすぐにもぎりがある。そこで代金を支払って下足の札をもらい、二階に上がるとそこが寄席である。客はまだまばらだが、これから混んでくるのだろう。武蔵は煙草盆を断り、座布団を二枚もらって、正面に陣取った。

「俺は、講談というのを聞くのははじめてだ」

武蔵が言うと夏子は、

「面白いですよ。私は大好き」

そう応えた顔がややつれて見えた。やがて時刻になり、まず前座が一席「三方ヶ原の合戦」を読んだ。なんと武田信玄と徳川家康の戦いの話である。もちろん武蔵が生まれるまえに起きた戦だが、どんなことがあったかのあらましは聞き知っている。前座の読み方はつたなかったが、武蔵には、合戦の様子が目のまえに浮かぶように思えた。

「いかがでしたか?」

夏子が心配そうにきいてきたので、

「うむ。面白かった」

「まあ、よかった。このあと出てくるひとは名人と言われている方なので期待できますよ」

今日の真打、村雲河伯の登場である。でっぷりと肥えた身体を高座に運び、まずは白湯をひと口飲んだあと、ぴしり、と張り扇で台を叩き、

「本日はご多用のなか、お早々からのお越しでまことに御礼申し上げます。毎夜読み上げておりまするのは、大岡政談より『徳川天一坊』、後席として浪花俠客伝より『違袖の音吉』、前席お人固めとしてうかがいまするは豪傑宮本武蔵伝でございます」

いよいよである。武蔵は身を乗り出した。

「連日お越しのお客さまはようご存じと思いますれど、念のためこれまでの経緯を申し上げたてまつりますれば……時は元和年間、神君家康公による江戸開闢以来二十年あまりを経て、三代家光公の治世。天下は穏やかな水面のごとく治まり、弓は袋、太刀は鞘に納められて、干戈の動かぬ時代が到来いたしました。しかし、文武両道を奨励する家光公に倣い、武道熱心の侍などは諸国武者修行の旅に出るものも多かった。宮本武蔵もその一人にて、十三歳の折、有馬喜右衛門を討ち取って以来、生涯六十余度の勝負に一度たりとも負けなかった、というまさに剣術の達人でございます」

さっきの前座よりはるかに上手い、と武蔵は思った。しゃべり方も達者で、間の

取り方も心地よい。

(だが、俺はこれまで十遍ほどしか勝負をしていない。船島に行ったときに船頭に六十度と法螺を吹いたことがあるが、あれが変に伝わったのか……)

などと考えていると、

「江戸小石川に参りまして、石川群東斎の弟子となって一刀流を学んでいる折、武蔵の父新免無二斎と試合をして手ひどく打ちすえられたことを逆恨みした佐々木小次郎が卑怯にも無二斎を鉄砲でドン！　と闇討ち。武蔵は殿様より仇討ちをするよう命じられ、諸国を遍歴しながら親の仇小次郎を探すことになったのでございます」

武蔵は顔をしかめた。

(俺は石川群東斎とやらの弟子になったこともないし、佐々木小次郎は我が父の仇でもなんでもない。兵法者と兵法者として勝負をしたまでだ。そもそも父無二斎は小次郎が死んだあとも達者で生きておる。なにを言っておるのか……)

しかし、村雲河伯は平然として、

「その後武蔵は、木曽の山奥での修行中、謎の老人と試合をするのですが、老人は囲炉裏端に座ったまま、刀も持たず、いつでもかかってこい、と言う。あまりにひとを馬鹿にしたふるまいに武蔵が『ええい！』と木剣で斬りかかると、粥(かゆ)を炊いていた鍋の蓋を手にしてそれを発止と受け止め、菜箸でもって武蔵の木剣をガラリと掻き落とそうとする。参った、と跳び下がる武蔵に老人は『うえにはうえがいる。慢心は禁物じゃ』と諭した。この謎の老人こそだれあろうかの剣客塚原卜伝。この卜伝から武蔵は二刀を使う技を伝授されたのでございます」

　武蔵はだんだん腹が立ってきた。塚原卜伝の名は知っているが会ったことはないし、二刀を使うことを思いたったのは、父無二斎から授けられた十手術のなかに、十手を二丁使う技があったことがきっかけだった。つまり、みずから編み出した技なのだ。

「二刀流に開眼した武蔵が卜伝の寓居を辞し、なおも木曽山中を彷徨していると、ただならぬ気配がした。な、な、なーんと武蔵を取って食わんという無数の狼の群れに周りを囲まれているではないか。しかーし！　武蔵は慌てず騒がず、伝授を受けたばかりの二刀流でもって、襲い来る狼どもを右に斬り、左に倒し、あっという間に狼どもを全滅させてしまった！」

　パパン、パン！　パパパン！

「昨日は、というところまでございましたが、本日はその武蔵が西に赴き、姫路の城主木下勝俊（きのしたかつとし）のもとで化け物退治をする、という一席を申し上げます」

（化け物退治だと……？）

　ムカムカ……。

「武蔵はその当時、仇討ちを志すものとして本名を偽り、宮本七之介という変名を名乗っておりましたが、木下家に足軽奉公をいたしておりました」

（足軽だと……？）

　ムカムカ……ムカムカ……。

「姫路城の天守閣には長壁姫という神を祀っておりましたが、夜番のものが毎夜毎夜怪異に見舞われ、城主以下、困り果てておりました。相手は果たして神かそれとも妖怪か。神なればこれを今以上に祀り奉りて鎮まらんと願うべきだが、妖怪なればカの強きものに調伏を頼むしかない。高徳の僧か神官かそれとも武芸者か……と城のものが鳩首しておりましたるところ、新参の宮本七之助が……」

　ムカムカムカムカ……ムカムカムカ……。

「長壁姫と対峙した宮本武蔵は、『貴様は神霊にあらず。歳経たる古狐の妖魅にすぎぬ。ただちにこの城を退散せよ。さもなくば我が一刀の錆にしてくれん！』……そう叫ぶと、妖怪目掛けて『えいやっ！』とばかり斬りつけると、敵もさるもの、どろどろと黒い煙となって天守の窓から逃げ出さんと試みた！」

　ムカムカムカムカムカムカムカムカムカムカムカムカムカ……。

「武蔵このとき、『これ、憎っくき狐かな。尋常に勝負せよ』と天守の屋根にて二刀を振りかざし……」

「待った！　もうよい」

立ち上がった武蔵は、つかつかと講談師に歩み寄ると、

「駄法螺もたいがいにせよ」

村雲河伯はぎょっとして、

「駄法螺？　講釈師は嘘をつくのが生業なり。駄法螺を咎められる覚えはない」

「法螺は俺も吹く。だが、おまえのは度を越しておるではないか。宮本武蔵は狼退治も狐退治もしておらぬ」

「講釈師、見てきたような嘘をつきと言うが、お客さん、おまえさんは見たのか？」

「ああ……見た」

「見たはずはない」

「見たのだから仕方がない。誤りを改め、謝罪しろ」

「私は誤ったことを申してはおらぬ。講釈師というのは物知りだ。武蔵についてもおまえさんなどよりよほど詳しい」

「この世でいちばん宮本武蔵について詳しいのはこの俺だ」

「なぜそこまで言い切れる？」

「それは……俺が宮本武蔵だからだ」

講釈師はぷっと吹き出し、

「お客さま方、ただいま頭のおかしい御仁が講釈の邪魔をしておりますゆえ続きが読めません。ご迷惑をおかけしておりますが、しばしお待ちくだされ」

武蔵はカッとして、

「だれが頭のおかしい御仁だ。失敬なことを言うな」

「そうではないか。宮本武蔵は何百年もまえの人間だぞ」

「時を飛び越えてやってきたのだ」

「あはははは……おまえさんの方が嘘が上手いな。おまえさんが武蔵なら二刀流ができるか」

「あたりまえだ。二刀の技は塚原卜伝に教わったのではなく、俺がみずから編み出したものだ。——見ておれ」

武蔵はあたりを見回すと、箒が二本、壁に立てかけてあった。それを手にして、刀のごとく構え、

「えやあっ！」

と村雲河伯に向かって打ち込んだ。講釈師は叩かれると思ったのか高座から落ちた。もちろん武蔵は寸止めにした。客はげらげら笑っている。気をよくした武蔵は、それから二刀の技をつぎつぎと披露した。客の喝采が大きくなっていったので、武

蔵はまたしても調子に乗ってしまい、講釈場中を駆け回りながら二刀を打ち振った。しまいに大きく跳躍して刀を十文字に決めたとき、足もとでめきっという音がした。勢い余って二階の床を踏み破ってしまったのだ。村雲河伯も客もげらげら笑っている。夏子が手を引いて、

「武蔵さま、行きましょう。お席亭に怒られます」

「そ、そうだな」

弁償させられたらかなわぬ。武蔵と夏子は階段をそっと降り、勝手に下駄箱から履物を出して外へ出た。「武辺亭」からかなり遠くまで来たあたりで武蔵は、

「すまぬ、夏子殿。おのれのことゆえつい口を出してしまった。せっかく講談を楽しみにしておられたのに、俺のせいで台無しにしてしまった。申し訳ない」

「いいんです。久しぶりにおなかから声を出して笑いました。それに……」

「それに？」

「武蔵さまとこうして外出できたことがなによりうれしいのです」

そう言ったあと、夏子は激しく咳き込んだ。武蔵ははじめ躊躇していたが、あまりに咳が止まらないのを見て、おずおずと背中をさすった。夏子の咳はしばらく続いたが、ようやく終わったとき、

「ありがとう……ございます。おかげで……ようなりました」

そう言って武蔵の方を向いた顔には汗の玉が浮かんでいた。

家まで送り届けたとき、

「今日は本当に楽しゅうございました。ありがとうございました」

夏子は頭を下げた。

「またお誘いしてもかまわぬか」

武蔵がそう言うと、夏子はしばらく考えていたが、

「しばらくお会いできませぬ。いえ……もう二度とはお会いできないかも……」

武蔵は意外な応えに愕然として、

「なにゆえだ」

「それが……私の病はひとにうつるものかもしれないのです」

「医者には診せたのか」

夏子はかぶりを振った。

「まえにも申しましたが、本当の病名を告げられるのが怖いのです。もし……もし、結核だったら……」

またしても「結核」か、と武蔵は嘆息した。文明開化の世の中になっても、治らぬ病もあるのだ、と彼は知った。

「今日は、武蔵さまとの最初で最後の外出のつもりでご一緒させていただきました。当分は身体をだましだまし仕事をします。お金のためですから仕方ありません。ですが……病を武蔵さまにうつしたりしたら、悔やんでも悔やみきれません。どうか私と会わないでください。でも……小説は書いてくださいまし。私は……武蔵さまの小説が読んでみたい……」

夏子はそこまで一気に言うと、家のなかに入ってしまった。武蔵は、

「俺は病など気にしない！　うつってもかまわぬのだ！」

そう叫んだが返事はなかった。武蔵は鬱々として長屋に帰り、ひとりで大酒を飲んだ。酒は、なんの味もしなかった。いくら飲んでも酔わなかった。酔眼に原稿用紙の枡目が歪んで見えた。

（小説は書いてくださいまし）

という夏子の言葉が頭のなかに響いていた。武蔵は机のまえに座り、筆を取った。墨を含ませ、その筆を剣のように原稿用紙に打ち下ろした。最初の一行をむりやりひねり出すと、あとはほとんど一気呵成だった。気が付いたら三十枚ほどを書き上げていた。しかし、そこでぴたり、と筆が止まった。その先をどうしたらよいのか

まったくわからぬ。突然、酔いが回ってきた。武蔵は原稿用紙を手で払った。紙が部屋のなかに舞った。

「夏子殿……俺には小説は無理だ……」

武蔵はそうつぶやいた。

宮本武蔵の講談があまりにでたらめだったので、武蔵は歴史書などを借りてきて武蔵についての記述を調べてみることにした。しかし、どの本も判で押したように、

巌流島の戦いで佐々木小次郎を破って武名を挙げた後、大坂の陣に参加するが、それ以降の消息は不明である。

となっている。

(不明のはずだ。俺は……ここにいるのだから)

武蔵はおのれのことを調べるのをあきらめた。

「たけくらべ」が『文藝倶楽部』という雑誌に一括掲載され、樋口一葉の文名が一気に高まったことを知り、武蔵は我がことのように喜んだ。森鷗外が発行している同人誌『めさまし草』誌上において、鷗外や幸田露伴、斎藤緑雨らが高く評価した、という。武蔵は、自分が夏子に借りて作品を読んだ鷗外や露伴が夏子に賛辞を送っていることがうれしかった。おそらく夏子のところには仕事の依頼が殺到しているだろう。以前にも増して忙しくなっているはずだ。できることなら会いにいって直に激励したい……そんな風にも思ったが、

「もうお会いできない」

と言われた手前、むりやり押しかけていくのは気が引けた。武蔵は悶々としながらも車夫を続けていた。小説は三十枚ほどでぱったり止まったままだった。酒の匂いの染み付いた原稿用紙は机のうえに置かれていた。

ある日、客待ちをしていると、ひとりの紳士がやってきた。

「きみ、乗せてもらえるかね」

外套を着、フェルトのシャッポをかぶり、革の鞄を抱え、ステッキを持っている。まだ若いがかなり身分の高い人物と思われた。

「どうぞお乗りください」

男は座席に座ると、

「悪いが、根岸まで行ってもらいたい。正岡子規というひとの家なのだが、近くに

なったら説明するよ」

「子規庵ですか？　よう知っております。家のまえまで参りましょう」

「ほう、子規庵をご存じかね。ありがたい。では、やってくれ」

子規も有名になってきたな……と武蔵は思った。森鷗外の『めさまし草』で子規を中心とする「日本派」の俳諧が紹介され、少しずつ子規のやろうとしていることが理解されはじめたのである。

「こちらです、お客さん」

「おお、ありがとう。きみはじつに軽快に走るね。また頼みたいものだ」

客はそう言いながら代金を支払った。武蔵は玄関先まで行って、

「正岡さん、お客さまです」

そう声をかけた。すぐに子規の母、八重（やえ）が顔を出し、

「まあ、宮本さん。ようお越しなされた。さあさあ、お入りください」

「今日は、車夫としてお客さまをお連れしましたんで……」

「おや、さようでしたか」

八重はシャッポを脱いだ客の顔を見て、

「これはこれは森先生でいらっしゃいましたか。どうぞなかへ……」

客は一礼すると家に入っていった。武蔵は、

「あのお方はどなたです」

「ご存じありませんか。陸軍軍医で、小説家、評論家、翻訳家でもいらっしゃる森鷗外先生です」

「えっ……！」

　そのとき家のなかから、

「そこに宮本さんがおいでか。おいでならば入ってもろてくれ。帰しちゃならんぞな」

　有無を言わせぬ子規の声が聞こえてきた。武蔵は八重と顔を見合わせて苦笑いした。武蔵は「走竜社」の半纏や股引、足袋という姿のまま、奥へと向かった。

　部屋に入ると、子規は仰臥していた。よほど具合が悪いらしい。苦痛をこらえているような、厳しい表情をしている。鷗外のほかに、高浜虚子と河東碧梧桐がいる。

「おお、宮本さん。鷗外先生を乗せてきたとは偶然じゃな」

　声だけはやたら大きい。

「宮本さん、私は脊椎カリエスと診断されてしもうたぞな。ははは……もう未来には絶望しかないき」

　子規は冗談めかしてそう言ったが、その言葉には悲痛さがこもっていた。

「鷗外さんは、日清戦争の折、金州でお目にかかったのがきっかけで、以来、親しくさせていただいている。今日も見舞いに来てくれたのじゃ」

　武蔵は鷗外に頭を下げ、

「宮本ひさしと申します。よろしくお願いいたします」

「今、正岡さんにうかがいました。文学に志があるとのこと、ともに励みましょう」

「あ……いや、その……はい」

　武蔵は赤面した。文学に志、などと言っても、作品の冒頭三十枚ほどを書いただけで、書き上げられるのかどうかもわからぬ状態なのである。

「『舞姫』を拝読させていただきました」

「それはうれしい。ご感想をお聞かせ願いたい」

「異国の人間も情愛は日本と同じだと感じました」

「私が独逸(ドイツ)に留学したときに思ったのがまさにそれです」

　子規が、

「私も寝たきりになってしもうたが、脚(あし)さえ立てば独逸や仏蘭西(フランス)にも行ってみたいものぞな」

　そう言って嘆息したあと、

「そうそう、鷗外先生、宮本さんは樋口一葉の作風が好きだそうじゃ」

　鷗外の顔が晴れやかになり、

「そうですか。私も『たけくらべ』は高く評価すべき作品だと思っております」

武蔵は、

「『めさまし草』の対談を読ませていただきました。——じつは、『舞姫』は夏子……いや、樋口一葉さんにお借りしたのです」

子規が目を丸くして、

「なんぞな、宮本さんは一葉女史と知り合いじゃったか。隅に置けんのう。一葉女史はえらい別嬪と聞いたがまことかね?」

これは少し答えづらい質問だったが、武蔵は素直にうなずいておいた。鷗外が、

「そんなことより一葉さんは身体の具合がよろしくない、と編集者に聞いたのだが、それは本当ですか」

これも答えづらい質問だったが、相手が高名な医者でもあるので思い切って、

「ずいぶんと塩梅は悪いようですが、怖がって医者に行かないのです。結核かもしれない、と言って……」

「それはいかん。手遅れになっては困る。新しい世にふさわしい才能の持ち主だ。——わかりました。私がしかるべき医師を手配いたしましょう」

鷗外はそう言った。武蔵は、

(出過ぎた真似をしたかもしれぬ……)

と思ったが、どこかほっとした気分でもあった。

武蔵は、「天草基督教会」を再訪していた。なかに入ると、

デウスのみ使いの歌
星さやけき牧の空に響けり
栄光、栄光、デウスに栄光

という妙な歌が聞こえてきたのでしばらく待っていると、以前会った沢田という神父が通りかかり、

「たしか先日いらっしゃった方ですね。佐々木さんと会いたがっておられた……」

「そうだ。今日はお見えではないか?」

「来ておられます。もう本日の礼拝の儀は終わっておりまして、今、私の父と雑談しておられます。ご紹介いたしましょうか」

「頼む」

頭を下げた武蔵を沢田は奥へと案内した。はじめて入る教会は、ここだけが日本ではないような不思議な雰囲気を保っていた。奥の扉を開けると、そこは礼拝所らしく、横長の椅子が十ほど並んでいたが、三名ほどの姿があるだけだ。正面には木製の祭壇らしき設備があり、壁には十字架にかけられた裸身の男の像があった。

（これが耶蘇か……）

と武蔵は思った。

「耶蘇というのが神なのか？」

武蔵が問うと沢田は、

「耶蘇は神の子です。神デウスと耶蘇、そして聖霊の三位は一体なのです」

なんのことかわからなかったので武蔵はそれ以上たずねなかった。

「佐々木さん……ああ、いらっしゃった」

沢田は椅子に座っている男に声をかけた。男は、横に立っている禿頭の老人となにやらしゃべっているところだった。老人は一礼してその場を去った。

「まえにお話しした、宮本武蔵ゆかりのお方です。佐々木小次郎にご興味があるらしくて……」

男はこちらを向いた。背が高く、凜々しい顔立ちで、どことなく小次郎に面影が似ていた。

「宮本ひさしと申す。急に押しかけて相すまぬが、小次郎の子孫にどうしてもお会いしたかったのだ」

そう言いながら武蔵は佐々木功次郎の隣に腰を下ろした。

「宮本ひさし、ということは武蔵のご子孫ですか」

「まあ……そんなところだ」

佐々木功次郎は顔を輝かせ、

「それは奇遇だ。じつは、私の方も武蔵の子孫に会いたいと思うていたのです」

「ほう、それはまたどうして」

「その話はあとでいたしましょう。まずは宮本さんのご用件からうかがいましょう」

「じつは俺は武蔵の、その……子孫として小次郎の子孫に聞いておきたいことがあってな」

「先祖に興味を持っていただいてうれしいのですが、あまりそのことは言いたくないのです。芝居でも講談でも武蔵は英雄豪傑ですが、小次郎は卑怯未練な悪者でしょう？　小次郎の子孫だと知れると、たいがいのひとは馬鹿にしたような、嫌そうな顔になるんです。ああ、私も武蔵の子孫ならよかった。武蔵に会ったら一言言ってやりたい気持ちです……」

じつは今まさに武蔵に会って一言言っているのだ、とは言えぬ。

「そ、そうか……それはすまぬことをした」

「ははは……あなたのせいじゃありません。もう慣れましたけど、武蔵の子孫の方と聞いて、つい愚痴を言ってしまいました」

「俺も、宮本武蔵の講釈とかがあまりにでたらめなので怒り心頭に発しているところだ。小次郎は武蔵の父の仇でもなんでもないし、狼退治も妖怪退治もしておらぬ！」

武蔵はあのときの憤りを思い出した。佐々木功次郎は急に武蔵が怒り出したので少し驚いたようで、

「そ、そうですよね。小次郎も武蔵もただの剣客。兵法家として対決し、片方が勝ち、片方が負けた……それだけなのに……。まあそんなことは我々子孫には関係のないことです」

「それでうかがいたいのは、小次郎には妹がひとりいたはずだ。そのものがどうなったのかが知りたいのだ」

「さすがは武蔵のご子孫だけあって、ようご存じですね。うちに伝わる家系図によると、小次郎にはたしかに妹がおりましたが、『女』となっていて名前まではわか

りません。そのあと数代が空白になっているのでその『女』がどうなったかもわからないのです。ただ、小次郎は独身のまま死んだわけですから、その妹が結婚して子孫を残した……というのは間違いないでしょうね」

「な、なるほど、そうか……」

武蔵は安堵した。夏はあのあとも病で亡くなることなく、生きて、だれかと結ばれ、こどもをもうけたのだ……。

「どうなさいました。泣いておられるようですが……」

うれしさのあまり、気づかぬうちに涙が出ていたらしい。武蔵は手の甲で涙を拭いて、

「目にゴミが入っただけだ。——ところでご貴殿が武蔵の子孫に会いたかった、というのはなにゆえだ」

「ああ、そのことです。私の家には家系図とともに一巻の巻物が伝わっておりまして、『当家子孫を含め何人(なんぴと)たりともこの巻見る事を許さず。門外不出とせよ。ただし宮本武蔵の子孫来たりなばこの巻渡すべし』とあるのです。私も親から受け継いだとき、もうぼろぼろになっているし、なかを見てやろうかと思ったこともありましたが、開けると祟りがある、ときつく言われたのが頭にありましてね、いまだそのままになっているのです。あなたが武蔵の子孫なら、お渡ししなければなりませ

ん」

「ほう……そんなものが……」

「今度こちらにお届けして、神父さまに預かっていただきますから、あなたが都合のいいときに取りにきてください。――今日はお会いできてよかった。では、また……」

そう言って佐々木功次郎は帰っていった。武蔵はその巻物の内容が気になったが、もちろんいくら考えてもわかろうはずがない。自分も帰ろうとして立ち上がったとき、

「宮本さん……宮本さんではありませんか！」

女性の声がしたのでそちらを見ると、なんと編集者の亀井葉子が立っていた。

「これは一瞥以来だな。今日も取材かな」

「いえ……じつはあれから何度かこの教会の取材をしているうちに、耶蘇教の信仰に触れて感銘を受け、とうとう入信したのです。家族からは、先祖代々うちは浄土宗なのにそれを捨てるのか、と叱られましたが、どうしても入りたくて洗礼を受けました。今日は礼拝にお邪魔したのです」

「ほほう……」

耶蘇教とはそんなに魅力のある教えなのか、と武蔵は思った。これまで宗教とは

無縁に生きてきた武蔵は神道も一向宗も法華（ほっけ）も耶蘇教も同じように考えていたが、どうやら違うらしい。

「私が耶蘇教に惹かれたのは、女性の地位を向上したい、という気持ちからです。今の日本では、女性はまともな教育を受けることができません。東京帝国大学は女性の入学を禁止しています。女性が身につけるべき素養は和歌、琴、生け花、茶、裁縫……というのがいまだ世の風潮で、女に学問など不用、と考えられています」

武蔵は、夏子が女に学問はいらぬと学校を退学させられた、と聞いたのを思い出した。

「政府は富国強兵のために必要な男子教育の推進にかかりきりで、女子は後回しです。女子が教育を受ける機関もなきにしもあらずですが、あっても夫に甲斐甲斐しく仕え、万事控えめにして家庭を守り、子育てをする、という良妻賢母を育成するためのもので、女性が社会進出するためには役立ちません。女には参政権すらなく、政治を改革しようにも男性にゆだねるしかないのです。私はそんな状況を打破したくて出版の仕事に携わることにしたのですが、調べれば調べるほどこの国には男尊女卑の思想が色濃く根付いているとわかります」

武蔵は感嘆した。武蔵の時代にはこのような主張をする女性はいなかった。少なくとも武蔵は知らぬ。ところが亀井葉子は堂々とおのれの意見を口にしているではないか。

「ところが、耶蘇教の宣教師たちが各地で独自に開設している女学校は女子に対する社会的教育を主眼としており、その数はたいへん多いのです。この動きがいずれ国を動かすことを私は期待しています。そして、この『天草基督教会』も女子教育機関である『天草女学校』を併設していて、女子教育に取り組んでくださっているのです」

「ほう……」

武蔵は以前ここの教会で見た女子たちのことを思い出した。あれは、女学校の生徒だったのだ。

「意義深い取り組み、と思う」

武蔵がそう言ったとき、

「そう思われるか」

後ろから声がした。振り向くと、さっき佐々木功次郎としゃべっていた老人が立っていた。頭には毛一本ない代わりに長い顎髭を生やしている。腰は直角近くまで曲がっているが、眼光は炯々としている。

「沢田庵吾と申す」

沢田神父の父親だと気づき、武蔵は頭を下げて、

「宮本ひさしと申します」

「おまえさん、剣術をやっておられたか」

「よくわかるな」

「指に竹刀だこがある」

「もう剣術はやめた。刀は捨てたのだ」

「それがよい。耶蘇教の教えは、どんなことがあっても暴力は絶対にいかん、というものじゃ。今、日本は富国強兵策を取り、外国に負けない武力を備えようと必死になっておる。清国との戦いに勝利したこともあって、どこもかしこも殺伐としておる。そういうなかで暴力を否定するわれら耶蘇教の教えは、国に歓迎されてはおらぬのじゃ」

「だが、どんなことがあっても……というのは無理だろう。悪いやつに暴力を振るわれたときには戦わねばならぬ。でないと、こちらがやられてしまう」

沢田老人はかぶりを振り、

「耶蘇は言うておられる。悪人に手向かってはならぬ。だれかが汝の右の頰を打つなら、左の頰をも差し出せ、と。また、こうも言うておられる。汝の敵を愛せよ……」

武蔵は驚いた。そのような考え方があるのか……。

（敵を愛す……そんなことをしたら斬り殺されてしまう……）

「俺にはできぬことだ」

武蔵は率直に言った。

「なかなか難しかろう。たしかに暴力を振るわれたらカッとなってやり返したくなるのが人情というもの。じゃが、その怒りをこらえるのじゃ。わしは他人のために自分を犠牲にした耶蘇のことを思う。耶蘇は、十字架に磔になって死ぬことで、大勢のものに天の国の門を開いてくださったのじゃ。そして、ふたたび蘇った……」

武蔵は、壁にかかった十字架と耶蘇の像を見た。そういう意味があったのか……。

（だが……わからん。だれかのために死ぬなど……俺には理解できぬ。俺はまえの世界にいたころ、だれかに勝つ、他人の命を犠牲にしておのれが立身しようと努力していた。そうしないとあの時代のなかで這い上がれないし、そもそも兵法家というのはそういうものだ、とおのれがしていることに疑いなど持たなかった。暴力がいけないなら、俺たちがやっていたことはすべて否定されるではないか……）

武蔵がそんなことを思ったとき、教会の外からわあっという大勢の叫び声が聞こえてきた。つづいてなにかが建物の壁に激しくぶつかる音がした。沢田老人は顔をしかめ、

「またあの連中か。これで失礼する」

そう言うと息子とともに礼拝所の外に出て行った。

「耶蘇教はここから出ていけ！」

「日本に耶蘇はいらぬ」

そういう声もある。

「なにごとだ」

武蔵が亀井葉子にたずねると、

「耶蘇教をよく思っていない方々がときどきやってきては石を投げたり、信者に暴力をふるったりと嫌がらせをするのです」

「なにゆえ耶蘇教を嫌うのだ。徳川家は耶蘇教を禁じたが、あれは異国に日本を乗っ取られかねぬとの懸念からだろう。今は世界中とつきあっているのだから、耶蘇教を嫌う理由がない」

「長い禁教令のせいで『異国から来た怪しげな邪教』という考えが染み付いているのだと思います。それに、デウスのまえでは人間はみな平等である、という耶蘇教の宗旨が気に入らないのです。女は男につくすもの、男女が同権であるなどとんでもない、と考えるひとたちには、耶蘇教の教えが広まるとそういうことを言い出す女性がどんどん増えていく……それに腹が立つのでしょうね」

そのとき、窓ガラスが割れ、石がいくつも礼拝所に転がり込んできた。外からは、

「やったぞ。ざまあみろ」

という歓声が起こった。

「もう許せぬ」

武蔵は礼拝所を出た。教会の入り口には二十人ばかりの男たちがいて、沢田父子をにらみつけていた。手には棍棒や石、竹刀などを持っている。中央に立った初老の男性は、髪を総髪にし、握り太な木刀を手にしている。沢田父子の顔や手からは血が流れていた。若い男が石を沢田老人に投げつけた。石は顔面に当たったが、老人は微動だにしない。両手を合わせて目をつむり、抗おうとも逃げようともせずじっと立ちつくしている。そのことが武蔵には不思議でならなかった。

飛び出した武蔵は男たちのまえに立ちはだかり、

「待て！　乱暴狼藉（ろうぜき）はやめよ！　この御仁たちはなんの抵抗もしておらぬではないか。なにゆえあってこのひとたちを傷つけるのだ！」

武蔵が叫ぶと、木剣を持った総髪の男が、

「なんだ、貴様は。信者か？　そうでないならば怪我をすることになる。引っ込んでおれ！」

「俺は耶蘇教とは関わりはないが、おまえたちの振る舞いがあまりにひどいのでとめようとしているだけだ。おのれの非行を恥じよ、無頼漢ども！」

「無頼漢だと？　わしは示現流道場の師範を務める大山志朗兵衛。ここへ参ったのは誤った思想を広げんとしておる邪宗の徒を戒めるためだ。志を同じくする若人たちとともに、正義のためにやってきたのだ。この教会がなさんとしておることは、日本国を滅ぼす悪の所業。排斥するのは当然ではないか」

大山志朗兵衛、という名に聞き覚えがあった。以前、帝大剣術同好会の学生から子規を救ったときに、学生が口にしていた名前ではないか。男たちをよく観察すると、なんと先日武蔵が車に乗せたあの剛田という学生の顔もあり、彼は先のさきくれた竹刀を持っていた。剛田は武蔵に気づくと、ぎょっとした表情になって顔を伏せた。

（つまりはこいつらは皆帝大生か……）

武蔵は先日、剛田が車から降りたのがこの教会のまえだったことを思い出した。

（あのときも嫌がらせをするつもりだったのが、汽車との駆け比べでふらふらになったのでやめたのだろう……）

武蔵はずいと進み出ると、

「俺は無学でよくわからぬ。耶蘇教の教えが国を滅ぼす、という理屈を説いてくれ」

「知れたこと。日本は神道に基づいて天皇の統べる国。八百万（やおよろず）の神々が鎮座ましまます清浄なるこの地に異国の邪教を持ち込み、それを崇拝させるなどけがらわしきことを許すわけにはいかぬ」

「ははは……それなら仏教も天竺から来た邪教ではないか」

大山志朗兵衛は武蔵をにらみつけ、

「この教会は女学校を併設して女子に教育をほどこしておるが、けしからぬことだ。女にいらぬ知恵をつけると、女が男に仕えるというわが国古来の美風が失われ、社会を混乱させる原因となる。女がおのれの権利を主張し、家を守ることを放棄するようになると、男は安心して外で働いたり、戦をしたりすることができなくなる。国が滅ぶ道理ではないか」

「つまり、これまで男どもが吸っていた甘い汁が女に教育を受けさせることで享受できなくなるのが嫌なのか。そんな理由でひとを傷つけたり、建物を壊したりするとは下衆の極だな」

「なんだと……！　この大山志朗兵衛を下衆呼ばわりしたな。許せぬ。——こいつもやってしまえ！」

学生たちが手にした石を投げつけてきた。武蔵は一番まえにいた剛田の手から竹刀をもぎ取ると、それらの石をつぎつぎと打ち返していった。石は投げたもののところに跳ね返り、男たちにぶち当たった。彼らは頭を抱えて後ろに下がった。

（このまえの投者の速球に比べたら、のろい球だ）

石のうちのひとつが大山志朗兵衛の額に当たった。

「くわあっ！」

大きなたんこぶをこしらえた彼は激昂(げっこう)した。

「貴様あ……多少は剣術の心得があるようだのう」

「俺も東京に出てくるまでは、故郷(くに)の剣術道場で指南をしていたのだ。——どうだ、ここで一対一の勝負をしないか？　俺が勝ったら、今日はおとなしく引き下がってもらおう」

「貴様が負けたらどうする」

「ここで腹を切る」

大山志朗兵衛はしばらく考えていたが、

「よかろ。これまでは手加減をしていたが、貴様には本気を出すぞ。わしの木剣に打たれたら、腕でもあばらでも折れてしまう。下手をしたら命がなくなるがそれでもよいか」

「俺はかまわんが、あの石が避けられぬような腕ではおまえの方が歩が悪いぞ」

「抜かせ！」

大山志朗兵衛は木刀を振り上げた。武蔵は竹刀を構えた。剛田が大山志朗兵衛に、

「先生……あの……申し上げにくいことですが……」

「なんじゃ。早う言え」

「こやつはまことに強いですよ。お気をつけください……」

「わしが負けるとでも言うのか」

「とんでもない。先生は百戦百勝であります。ですが……その……」

「ふん、田舎剣法、なにほどのことやあらん。そこで師の技をよう見ておれ」

「は、はい……」

大山志朗兵衛は武蔵をからかうように太刀先を震わせていたが、やがて、

「チェストオオッ！」

怪鳥の叫びのような気合いとともに打ち込んできた。武蔵は竹刀の腹で木刀を払い、軽くかわしたが、

（なかなかやるが、俺の敵ではないな）

そう見切った。簡単に叩き伏せると門人のまえで恥をかかせることになる。どうしようかと案じているとき、

「やめよ、両人！」

沢田老人が凜（りん）とした声を発した。

「ここは教会のなかじゃ。いかなる暴力も禁じられておる。刀を引かれよ」

武蔵は老人に向き直り、

「このままではその教会が破壊されてしまうではないか。防ぐための力は暴力とは

言えぬだろう」

「いや、攻めるに使おうが守るに使おうが暴力は暴力。耶蘇のまえで暴力をふるうことは許されぬ。宮本さんは信者ではないゆえ強制はせぬが、それならば武器を手放すか、もしくは教会から出ていってもらいたい」

武蔵は呆れて、

「俺はあんたたちのためにやっているんだぞ。それでも出ていけ、と言うのか」

「そうしていただくよりほかないのじゃ」

「あんたたちをこのまま放ってはおけぬゆえ、出ていくわけにはいかぬ。——武器を捨てればよいのか」

「そうじゃ」

武蔵は竹刀を床に捨てた。

「すまぬのう、宮本さん」

血だらけの沢田老人が頭を下げたとき、

「チェストオオッ！」

隙をうかがっていた大山志朗兵衛が打ちかかってきた。横面を狙っている。武蔵は跳び下がって避ける、と見せかけて逆にまえに大きく踏み出し、右手で大山志朗兵衛の顔面を張り飛ばした。

「う……がっ」

　その一撃で、大山志朗兵衛の顔が一瞬ぐにゃりと歪んだのは、武蔵にしか見えなかったかもしれない。武蔵がもう一発張り手を食らわそうとするまえに、大山志朗兵衛は気を失って床に崩れ落ちていた。

「どひゃあっ、先生がやられたぞ」

「かか仇を討つのだ」

「無理だろう。先生が一撃でやられたのだぞ」

「こやつは化けものだ」

「いや、我ら全員でかかればなんとかなる。このまま逃げたら、あとで大山先生にこっぴどく怒られるぞ」

「そ、そうだな。皆でやれば……」

　学生たちはおそるおそる武蔵に近づこうとしたが、武蔵がもう一度右手を振り上げて彼らを鬼のような形相でにらみ、

「がおおおおっ！」

　と叫ぶと、

「ひええっ」

「お助け！」

「知らん。命あっての物種だ」

口々にそう言いながら教会から逃げ去った。武蔵がナマコのように横たわってい

る大山志朗兵衛の上体を抱えて活を入れると、目を覚ました剣術指南は、眼前に武

蔵の顔があるのに驚愕して、

「おおおお覚え、覚え、覚え、覚え……」

「覚えていろ、ぐらいすっと言え」

武蔵が両手でドン！　と肩を突くと、その反動で後ろ向きに教会から飛び出して

いった。

「宮本さん、かたじけない。おかげで助かりました」

沢田老人がやってきて、武蔵に言った。

「なんの。礼には及ばぬ」

「じゃが……もうここには来ないでもらいたい」

「なに……？」

「あんたは教会のなかで暴力をふるった。わしはそのことを耶蘇に詫びねばなら

ぬ」

「武器は捨てたではないか。それでもいいかんのか」

「あんたは刀を捨てた、と言うたが、本当には捨ててはおらぬ。あんたの拳は刀と同じく立派な武器じゃ。それを捨てねば、捨てたことにはならぬ」

「拳を切り落とせと言うのか」

「そうではない。心のなかから暴力を消し去ることが必要じゃ。あんたにはそれができてはおらぬ。悪いがこの教会に入れるわけにはいかぬ」

さすがに武蔵はムッとして、

「わかった。善かれと思うてしたことだが迷惑だったとはな……。もう二度と参らぬ」

武蔵はそのまま教会を出た。

(なんという頑ななジジイだ……！)

そう思いながら道に出ると、うしろから追ってくる足跡が聞こえてきた。立ち止まって振り返ると、沢田の息子の神父だった。

「父のことをどうかお許しください。父も内心は深く感謝しておるのですが、耶蘇教の宗旨としてはああ言わざるをえないのです」

「あなたも同じ考えか」

「——はい」

「やられてもやり返せぬならば、そのうち善人は死に絶え、この世は悪人ばかりとなる。それでもよいのか」

「私は、人間の心は善なるものだ、と信じております。いつかは悪人も改悛するはず。その手助けをするのが耶蘇教……いや、すべての宗教なのです」

ふと武蔵は正岡子規の言っていたオリムピックのことを思い出した。暴力の代わりにスポーツで勝ち負けを決めれば、剣や銃は必要なくなる……。

「まあ、どうでもよい。もうここへは来れぬのだからな」

武蔵が行きかけると、

「どうぞ、これをお持ちください」

そう言って、沢田神父は首飾りのようなものを武蔵に手渡した。十個の珠と鉄製らしき十字の形の飾りがついている。

「ロザリオといって、耶蘇教で使う数珠のようなもの。これは、島原の乱で天草四郎が使っていたもののレプリカ……模造品でして、ご所望の方にお配りしているのです。首にかけてお使いください」

「使う、とは……？」

「怒りが心に生じたとき、この珠をまさぐってそれを鎮めるのです」

武蔵はそのロザリオを気味悪そうに眺めた。

第四話　武蔵、秘密を暴く

だれかが彼を揺り動かしている。武蔵は夢を見ていた。船島の戦いに赴くまえに、下関の海岸の小舟のなかで眠っている、という夢だった。これからなにか嫌なことが待ち受けているような気がする。そうだ……佐々木小次郎と決闘しなければならないのだ。どちらかが勝ち、どちらかが負ける。剣客の宿命とはいえ、けっして喜ばしいことではない。

「おい、起きねえ」

「起きねえったら起きねえ」

「なんだ……彦蔵か？」

武蔵は薄目を開けた。

「なーにを寝ぼけてやがんだよ。あっしだ。弐助だよ」

ようやく武蔵は目を覚ました。よかった……小次郎との一戦は、もう終わったのだ。二度と戦わなくてもよいのだ……。

「弐助殿か。なにごとだ？」

「今、事務所の方に若い女が来て、こちらに宮本さんという車夫がおられるならば、丹部神社の境内まで来てもらえませぬか、と言うて帰っていった。心当たりあるか？」

「さあ……」

起き上がった武蔵は腕組みをするとあれこれ考えたがわからない。

（もしかすると夏子殿だろうか……）

そんなことを思ったとき、

「おいおい、なかなかやるじゃねえか。とっとと行ってきねえ」

なにごとなのかよくわからぬまま、武蔵は長屋を出た。月はなく、ところどころの街灯が頼りである。夜風がぴょう……と吹いて砂ぼこりを舞い上げる。丹部神社は車宿の長屋からは目と鼻の先だ。カツカツカツカツ……と石段を上がっていくと、境内にだれかの影が見えた。目を凝らしてもだれなのかわからない……と思った瞬間、武蔵は転倒した。脚になにか綱のようなものが引っ掛かったのだ。

「かかったぞ！」

声が降ってきて、数名が下りてくる足音がした。武蔵は立ち上がろうとしたがそれより早く頭や肩、胴などに木刀が雨あられのように振り下ろされた。

（なにくそ……！）

と思ったが、直後、後頭部になにかを激しい勢いでぶつけられ、昏倒した。

気が付いたとき、武蔵は道場のような場所の板の間に寝かされていた。後ろ手に縛られており、身動きが取れぬ。周囲を三十人ぐらいの男が取り囲んでいる。

「ようやくお目覚めか」

にたにたと笑いながらそう言ったのは、剛田という学生だった。

「今日こそ恨みを晴らすときだ。帝大剣術同好会の恐ろしさを思い知らせてやるぞ。——先生、お願いします」

「うむ……よくもこのまえは恥を掻かせてくれたのう。徹底的に痛めつけてやる」

そう言ったのは大山志朗兵衛だった。大山は木刀をつかみ、武蔵の肩に一撃をくれた。

「う……」

武蔵は思わず呻いた。なおも大山志朗兵衛は、武蔵の顔といわず身体といわず滅多やたらに木刀を振りまくった。武蔵の顔面はたちまち腫(は)れ上がり、全身が血だらけになった。剛田が、

「せ、先生、いくらなんでもやりすぎでは……。それ以上打つと殺してしまいます」

「あれだけ恥を掻かされたのだ。殺してはいかんのかあっ」

「い、いえ……でも、先生がいつも我々に説いておられる慈悲の心に反するのではないかと……」

「なんだ、貴様……弟子の分際でわしに意見するのか」

「とととんでもない。そうではございませんが……」

大山は武蔵に向き直り、

「もっと骨身に染みるようにしてやる。車夫風情がわしに手向かうとは片腹痛いわ！」

そう叫んでふたたび木刀を振り下ろした。打っているうちに興奮するのか、大山は口の端から唾の泡を吹き出しながら打ち続ける。途中から武蔵は痛みを感じなくなった。ぼんやりとする意識のなかで武蔵は身体をひねり、道場の正面を見た。そこには一幅の掛け軸が掛けられていた。鵙(もず)が枯れ木にとまっている禅画である。なぜか武蔵はその絵に親しみを覚えた。

「この絵はなかなかよく描けているな」

その言葉を強がりと思ったのか、大山志朗兵衛はまたも武蔵を打ち据え、

「これは剣聖宮本武蔵先生の絵を模写したものだ。わしは示現流だが、かねてより宮本先生のことを天下一の剣客として尊敬しておる。この絵には宮本先生の深い悟

りが表れておるのだ。まあ、貴様のごとき田舎剣士にはとうていわからぬ境地であろうがな」

武蔵は苦笑して、

「おまえに宮本武蔵のなにがわかるというのだ」

「なに……！」

大山志朗兵衛が木刀を振り上げたとき、ひとりの門弟が彼に駆け寄り、

「先生……桑本新十郎（くわもとしんじゅうろう）先生からすぐ来てほしい、と……」

志朗兵衛は顔をしかめ、

「また料亭か待合にご出勤か。ひとをタダで用心棒代わりに使うのはやめてもらいたいものだ」

「赤坂の『桜茶屋』だそうです。――桑本先生の頼みは聞いておいた方が得策ではありませんか？」

ため息をついた大山志朗兵衛は、

「そういうことだ。仕方がないから行ってくる」

「この男はどうしましょう」

「二度と我らに盾突かぬぐらいまで打擲（ちょうちゃく）したあと、路上に放り出せ」

そう言うと大山志朗兵衛は道場を出ていった。武蔵はその門弟に、

「おい、桑本というのはだれだ」

「聞いてどうする」

「ここの先生よりもまだ偉い先生がいる、と知って興味が湧いたのだ。さぞかし身分あるお方なのだろうな」

門弟はやや得意げに、

「当たり前だ。貴様なんぞが一生かかっても会うことのできぬほどの大物だ。うちの先生は、そういうお方ともお付き合いがあるのだ」

「ほう、それはすごいな」

武蔵はそのとき、手首を縛ってあった紐がほどけかけていることに気づいた。

（しめた。手が自由になれば、こんなやつらの百や二百……）

ひとりずつ叩きのめし、道場を潰すぐらい暴れてやろう、と一瞬思ったが、

（待てよ……）

沢田老人の言葉が頭を去来した。心のなかから暴力を消し去れ、と老人は言ったのだ……。

（この場合、どうすれば暴力をふるうことなくこの場を収められるだろうか……）

武蔵は剛田に、

「痛たたたた……ああ、頭が痛む。よほど強く叩いたな」

「示現流に手加減という言葉はない。恐れ入ったか」

「恐れ入った。降参だ」

「ほう……やっと我輩たちの真の怖さがわかったとみえるな。二度と我輩たちの邪魔をせぬと言うのか」

「もちろんだ。おまえたちのように怖い連中の相手はごめんだ」

「では、ここに手を突いて謝れ」

「ああ、お安いご用だ」

武蔵は床に手を突いて、

「身の程もわきまえず、帝大剣術同好会に逆らってすまなかった。このとおり詫びるゆえ堪忍してくれ」

皆は大笑いして、

「なんだ。なんという弱いやつではないか」

「意気地がないにもほどがある」

「聞いていた話と違うぞ」

口々に武蔵をののしった。

「じゃあ俺はこれで帰らせてもらう。かまうまいな」

「よかろう。どこへでも行ってしまえ」

「そうするさ。──だが、一言だけ申しておこう。おまえたち、あの大先生の言うておることが正しいと本気で思うておるのか？」

剛田が顔を赤くして、

「あ、あたりまえだ。先生がおっしゃることはつねに正しい」

「つまり、人間には生まれついて貴賤の別があると思っているのだな。それでよいのか。文明開化の世の中だぞ」

「う……」

「今のように卑怯な真似をして暴力でひとを黙らせる。そんなことがまかり通ってもいい……そう考えているわけだ」

「………」

「ならば、しかたがない。大山大先生によろしく伝えてくれ」

武蔵は立ち上がり、両手をぱんぱんと叩き合わせて塵を払うと、その場を去った。

背後から、

「お、おい、見たか？　あいつ……手が自由になっておったぞ」

という声が聞こえたが無視してそのまま道場を出た。

（なるほどな……。こうすればだれも傷つかぬ。俺も大勢を相手に大立ち回りをせずにすむ。なるほどなるほど……耶蘇というのはなかなか良いことを言うたものだ

な)

武蔵は感心しながら夜の道を取った。

武蔵が「走竜社」の車置き場で人力車を洗っていると、

「宮本さん……」

見ると、亀井葉子が悄然（しょうぜん）として立っていた。

「どうなさった」

「樋口先生が宮本さんに、すぐに来てほしい、とおっしゃっておいでです」

夏子は武蔵に、もう会わないと告げたはずである。

「お加減が悪いのか？」

亀井葉子はしばらく沈黙したあと、

「――はい。森鷗外先生がご手配くださって、現在考えられるかぎりのご名医おふたりにご診察をいただいたのですが、もう手遅れ、とのことでした」

「なんということだ……」

武蔵は、急用で今日は休むと弐助に告げ、取るものも取り敢えず夏子の家に向かった。玄関先に母親の多喜と妹のくにが待っていた。

「宮本さん、お待ちしておりました。さあ、どうぞ奥へ……」

その切迫した声に武蔵は夏子の容態がよほど悪いのだろうと感じた。

「夏子、宮本さんが来られましたよ」

襖越しにそう言うと、

「しばらく……ふたりきりにしてください」

武蔵はひとりで部屋に入った。横になっていた夏子は、

「こんな格好のままで失礼と思いますが……起き上がることが……できないのです」

そして武蔵から顔をそらして咳き込んだ。その顔は熱のせいかいつもより赤く、汗が浮かんでいた。

「お会いしません、と言っておきながら……呼びつけたりして……本当にわがままですいません……ですが……どうしても最後にひと目……お会いしたかったのです……」

「気になさるな。それに、最後などということはない。かならず治る」

「いえ……森鷗外先生が手配してくださったお医者さまが……手の施しようがない、と……それに……自分の身体のことは……自分が一番よくわかります。私はもう

……長くありません」

武蔵はもっと元気づけたかったが、根拠のないはげましはかえって病人に酷と思い、口を閉ざした。

「心残りはいろいろあります……私はまだ人生のゴールインを果たしておりません……もっとたくさん小説を書きたかった……これからの日本の文学が……社会がどうなっていくのかを……見届けたかった……美味しいものも食べたかった……いいお着物を買いたかった……でも、一番の心残りは……武蔵さまの小説が……読めなかったこと……武蔵さま、小説の続きは書いておられますか？」

その言葉は武蔵の胸に突き刺さった。

「いや……近頃、行き詰まっておる。人力車に乗せた客の無理難題で、車夫が陸蒸気と駆け比べをする……という話なのだが……」

「まあ、面白そう。車夫は勝つのですか？」

「勝たせたいと思っているが、どうやれば陸蒸気に勝てるかが思いつかぬのだ」

急に夏子の表情がいきいきとしてきた。

「読者は、人間が陸蒸気に勝てるはずがない、と思って読んでいますから、それが逆になれば、とても面白がると思います」

「だが、俺も人間が汽車に勝てるとは思っておらぬ」

「奇想天外な空想を取り入れてもよいのではないでしょうか。たとえば……」

そこまで言ったとき、夏子は激しく咳き込み、手ぬぐいをあわてて口に当てたが間に合わなかった。夏子の口からは大量の血がこぼれ、布団を染めた。

「母上と亀井さんを呼んでこよう」

武蔵が立ち上がりかけると、夏子はいやいやをして武蔵の手を弱々しくつかみ、

「行かないで……」

夏子の呼吸は荒く、その息は熱かった。

「武蔵さまの……小説……読みたかった……きっと……武蔵さまは……いい作品を……書かれると……」

「しゃべらない方がよい」

しかし、夏子には聞こえていないらしく、

「でも……私は……幸せです……武蔵さま……に会えた……のだから……こうして……こちらの……世界でも……」

「夏子殿……今、なんと申された」

「あなたが……兄と……戦った……ことで……私は……あなたさまに……お会いすることが……できました……そして……いまひとたび……こうして……」

意識が朦朧としているようだ。

「夏子殿……夏子殿！」

「ひとは……おのれのためでなく……ひとのために……死ぬもの……武蔵さまのために……死ぬことができたら……夏は……本望です……」

そこまで言ったとき、急に夏子はぐったりとした。口も動かさない。ただ、激しい呼吸だけがその生を示していた。

その数日後、夏子は死んだ。二十四歳だった。通夜には斎藤緑雨、川上眉山（かわかみびざん）、戸川秋骨（とがわしゅうこつ）といった文士たちが弔問に訪れたというが、葬式は身内だけで行われ、武蔵は参列できなかった。

ある日、武蔵が夏子の墓参りに築地本願寺に赴くと、先客がいた。亀井葉子だった。武蔵に気づくと亀井葉子は会釈をして、

「とうとう樋口先生からはお原稿をいただけませんでした。とても残念です」

「俺も……あのひとに小説を読ませるという約束を破ってしまった。できもせぬ約束はすべきではないな」

「いえ……まだ間に合います」

「どういうことだ」

「あなたがこれから作品を完成させて、樋口先生の墓前に手向ければ、読んでもらったも同じです。樋口先生の代わりに私が読ませていただきますから、がんばって書いてください」

武蔵は言葉を濁した。自信がなかったのだ。

「ところで、教会の方はあれからどうだ。また、あの連中は押しかけてきているのか」

「いえ、あなたがいるのでは、と思っているのか、教会への投石などはぴたりとなくなりました」

「それはよかった」

「ところがそのかわりに、登下校中の女学校の生徒を待ち伏せして嫌がらせをする事例が増えているようです。生徒を羽交い絞めにして『女が教育を受けるのは生意気だ。女学校を辞めろ』などと恫喝するらしいのです。そのために、女学校を除籍する生徒も出ているようです」

「卑劣な……」

「私は今度、内務省の役人を取材して、こういう状況をどう思っているのかを問いただし、記事にしたいと思っています。内務省というのは、教育行政や新聞、雑誌、小説の検閲などを司っている役所です。女性の権利を不当に低く押さえつけていることについて追及するつもりです」

決然として言い切った亀井葉子の目は澄み渡っていた。

「では、私はお先に失礼します。小説が出来上がったらかならず見せてくださいまし」

亀井葉子はそう言って立ち去った。その後ろ姿に武蔵はすがすがしいものを感じた。武蔵は夏子の墓前に額づくと、

「夏子殿……いつになるかわからぬが、約束を果たすことを誓う。安らかに眠ってくだされ」

そうつぶやいて両手を合わせた。

その夜から武蔵は中断していた作品の続きに取り掛かった。まずは、行き詰まっていた理由である「人力車が汽車に勝つ方法」を考えねばならぬ。夏子が言いかけた「奇想天外な空想を取り入れてもよいのではないでしょうか。たとえば……」という言葉が気になって仕方がなかった。

(夏子殿は、なにを言おうとしたのか……)

もちろん今となっては知るすべはない。

「奇想天外か。大きな法螺を吹け、ということだな……」

人力車のことをあれこれ考えているとき、ふと、自分がこの稼業をはじめたきっ

かけを思い出した。

（あのとき弐助殿に出会わなければ、べつの仕事をしていただろう。弐助殿にはいくら感謝してもしきれない。それにしても、「陸蒸気の弐助」とはたいそうな二つ名を付けたものだな。——待てよ……」

陸蒸気の弐助……。ひとの力で曳くから人力車だが、ひとの力が蒸気機関に勝てようはずがない。ならば……。

（人力車に蒸気機関をつければよいではないか……！）

武蔵は長屋の一室でひとり手を打って喜んだ。

（夏子殿の言った「奇想天外な空想」とはこういうことだ）

武蔵は筆を取り、原稿用紙に向かった。そこから先は意外なほどすらすらと書けた。

貧乏な車夫は客に「陸蒸気より早く走ってみろ」と無理難題を吹っ掛けられ、生活のために必死で駆けたがもちろん勝てるはずもない。さんざん嘲笑われ、車賃を踏み倒され、あげくの果てに人力車を壊された。車宿から借りている車を壊されたのだから、弁償しなくてはならない。車夫はますます困窮したが、ふと「人力車を陸蒸気のように走らせることはできないか」と考えついた。さっそく車夫は車の改造に取り掛かった。そして、苦心のすえ、人力車の下部にボイラーや火室、水タンクなどを取りつけ、上部には煙突を立て、ついに人力車の蒸気機関化に成功した。

車夫はその客に、もう一度陸蒸気と勝負したいから乗ってくれ、と頼み込み、見事に勝利する……。

数日間の徹夜で武蔵はその小説を完成させた。書きあがったのは夜明けだったが、まるで眠くなかった。武蔵は表に出た。月が東の空に残り、太陽が薄光をまといながらのぼろうとしている。武蔵は茜色の朝日に向かって、

「うわああああああっ！」

と雄たけびをあげた。かつて決闘に明け暮れていたころ、強い相手を打ち負かしたときの感動と似た気持ちだった。全身に充実感がみなぎり、あらゆる毛穴から精気が噴き出しているようだった。

(小説を書くということがこれほど心地よいとは……)

この作品が小説としてどれほどの水準にあるかはわからぬ。はじめて書いた作品なのだからおそらく稚拙な出来だろう。だが、そんなことはどうでもよかった。

(俺は……やりとげた。遅ればせながら夏子殿との約束を果たせたのだ……)

そのことがうれしかった。武蔵はもう一度咆哮した。

「うおおおお……おおおおっ！」

隣の戸が開いて、

「こらあ！　うるせえぞっ！」

弐助が顔を出して怒鳴った。

武蔵は、完成した原稿を持って亀井葉子の勤める文朝堂という出版社に赴いた。レンガ造りの建物の三階に会社はあった。出版社などに来るのははじめてで次第に気おくれがしてきた武蔵は、「文朝堂編集部」という看板が掲げられた部屋のまえでしばらく佇んだ。ときどきドアが開いて、紙の束を抱えた少年が何人も忙しそうに出入りする。

(やはり俺の来るところではなさそうだ。——帰ろう)

そう思ったとき、

「なにかうちの社にご用ですかな」

後ろから声がした。見ると、チョッキに背広を着た四十がらみの紳士が立っている。福々しい顔立ちで、鼻の下にチョビ髭を生やし、髪の毛は半ば白い。

「いや……用というほどのことはないのだが……その……」

「もしや手に抱えておられる封筒は、小説の原稿ではありませんか。わが社は持ち込み歓迎です。時間はいただきますが、拝読させていただきますよ」

「あ……その……これは原稿などというものではなく……なんと申したらよいのか……手慰みというか落書きというか暇つぶしというか……」

そのとき、ドアが内側から開き、

「あら、やっぱり宮本さんでしたか。声でわかりました！」

亀井葉子が声を弾ませて立っていた。紳士が武蔵に、

「この御仁がきみが言うていた宮本さんかね。よく訪ねてくださった。私はここの社主をしている朝倉甚八（あさくらじんぱち）と申します。ささ、どうぞなかへ……」

こうなっては仕方がない。武蔵は部屋に入った。二十畳ほどの場所にぎっしりと机が並んでおり、五、六人の社員が働いていた。入ってすぐのところに大きな椅子が四つあり、真ん中に小さな丸テーブルが置かれている。朝倉はその椅子のひとつを武蔵にすすめ、自分と亀井葉子は向き合った椅子に座った。亀井葉子が、

「おたずねいただいたということは、小説ができあがったのですね！」

「できあがったというか……うーん……しまいまで書いたことは書いたのだが……」

武蔵は封筒をおずおずと差し出した。亀井は無造作に中身を取り出すと、

「拝見させていただきます。──島崎（しまざき）くん、お客さまにお茶を」

少年のひとりに指示をしたあと、一枚目に目を落とした。武蔵は、

「この作品がどのような出来栄えなのか俺にはもはやわからん。書いていて面白いのかどうか、いや、これが小説なのかどうかさえ俺には……」

「少し黙っていてください。気が散りますから」

朝倉社主がくすくす笑いながら、

「いつもこうなんです。原稿を読み始めたら一心不乱に没頭する。しかし、編集者というものはそうでなくてはならん。失礼を許してやってください」

しかし、武蔵は亀井葉子の反応が気が気でならなかった。紙を貫くような鋭い視線が枡目のうえを動いていく。声も出さず、ときどきごくりと唾を飲み込む音と「ふうっ」と息を吐く音だけが生々しく聞こえてくる。社主は、

「では、私はこれで……」

とそっと立ち上がり、自分のデスクに戻っていった。あとは亀井葉子と武蔵、ふたりきりである。かなりの枚数の原稿を半分ほど読み進めたとき、亀井は突然顔を上げて一言、

「面白いです」

誰に言うとでもなくそう言った。

「――え?」

武蔵が問い返したのも聞こえていないのか、ふたたび原稿に入り込んだ。そして、

およそ二時間ばかり経ったとき、亀井は最後のページを読み終えると、大きく息を吐き、

「宮本さん……これはすばらしい作品です。うちで出します。いえ、出させてください」

「ま、ま、まことか……」

「はい。——少しお待ちを」

原稿の束を持って亀井葉子は立ち上がり、真っ直ぐ社主のデスクに向かうと、

「これは当社で出すべきです。新時代の娯楽が詰まっています。旧弊な考え方と開化思想、古い技術と新しい技術のぶつかり合いも描かれていますし、この国の未来の姿も想像できるようになっています。『月世界旅行』など海外の作品の影響も大胆に取り入れられているし、旧来の世話物的な面白さもあります。なにより読後スカッとした気持ちになります。きっと当たります。これを出さないならば私は……」

「わかったわかった。きみの判断を疑うわけではないが、まずは坂東くんに読んでもらおう。——おい、坂東くんはどこだね」

社主が少年のひとりにたずねると、

「坂東さんは取材に出ておられ……あ、帰ってきました」

黒縁眼鏡をかけた若い男が入ってきた。三十代半ばぐらいだろう。汗を拭きながら自分の机に向かおうとするのを亀井葉子が、

「すぐにこれを読んでください」

「え？　今すぐかい」

「ええ、あちらにいらっしゃる宮本ひさし先生のお原稿なのですが、一分でも早く読んでほしいのです」

いつのまにか先生になっている。男はちらと武蔵を見て軽く頭を下げたが、

「悪いが、へとへとなんだ。お茶一杯だけ飲ませてくれたまえ」

「ダメです。お茶は特別に私が淹れてさしあげますから、そのあいだに読み始めてくださいね」

「ほう……いつもお茶を淹れるのは自分の仕事じゃない、と嫌がるのに……わかった、きみがそこまで肩入れするなら読んでみよう」

そう言うといかにも疲れたように椅子に座った。社主が、

「坂東くん、取材の方はどうだったかね」

「うまくいきませんでした。帝大の総長をはじめ何人かにインタービュを試みたのですが、彼らはたしかに帝大内にそういう風潮があることを認めました。しかし、どこからどういう力が動いているのかについては、わからない、の一点張りで

……」

「ふうむ……そうか。まあ、取材を続けてくれたまえ」

「わかりました」

そう言うと坂東は武蔵の原稿を繰りはじめた。興味を覚えた武蔵が亀井葉子に、

「どういうことだ？」

「帝大が女子の入学を拒み、検討すらしていない問題について弊社でいろいろ調べているのですが、どうやら政府のどこからかそういう圧力がかかっているらしいのです。また、各地で活発な女学院での女性教育についても、それを潰そうという組織的な動きがあるようで、私たちはこの件についてはずっと取材をしているのですが……なかなか壁を破ることができません。ご一新などといってもじつは徳川家が天皇に代わっただけで江戸時代からなにも変わらない封建思想、女性をはじめ弱者に対する不当な蔑視、自由平等を謳う耶蘇教への弾圧……それらの根がひとつである、ということを雑誌で取り上げたいのですが、いかんせん証拠がないのです。たしかな証なくして書く記事はただの扇情記事にすぎませんから、なんとしてでも読者を納得させるだけの証拠が欲しいのですが……」

「あの教会に来ていた大山志朗兵衛という剣術遣いは、帝大の剣術同好会の師範をしておるぞ」

「えっ……？」

亀井葉子の目が爛々と輝いた。

「それは知りませんでした。もしかするとそのあたりをたぐるとなにか出てくるかもしれません」

「気を付けた方がいい。あの男は蛇蝎のようなやつだ。教会でのことを根に持って、俺を罠にかけて呼び出したのだ」

「そんな卑劣なことを……。それで宮本さんはお怪我などなかったのですか」

「ふふふ……まあな。俺は、暴力は振るわなかったぞ」

武蔵が自慢気に言うと、亀井葉子は笑った。

「そう言えば、やつは桑本とかいう政治家の用心棒も務めているらしい」

亀井葉子の顔色が変わった。

「桑本……桑本新十郎ですか？」

「たしか、そんな名だったな」

「本当に？」

「ああ、この耳で聞いた」

亀井葉子は声をひそめ、

「我々は、一連の圧力の根源は内務省にあるのでは、と考えています。内務省は書籍や雑誌、新聞を検閲して発禁にする権利がありますし、教育行政も内務省の管轄ですから。そして、内務省のなかでも黒幕だとにらんでいるのが、その桑本なのです。内務省警保局の局長を務めていて、今に次官になるだろうともっぱらの噂の人物です」

「どうせろくなやつではないぞ。どうして出世するんだ?」

「賄賂です。どういうわけかお金をふんだんに持っていて、それを政界にばらまいているようです。これは良いことを聞きました。あとで編集長の耳に入れておきます」

自分の情報が亀井の役に立ったとすれば、打擲されたのも無駄ではなかった、と武蔵が思ったとき、

「亀井くん、お茶はどうなっているんだ」

と坂東がからかうように言った。

「あ……忘れておりました。今すぐ……」

と立ち上がりかけた亀井葉子に、

「面白いね」

「え……?」

「これはいい。今まで読んだことがないような展開だ。ちまちましていない。豪快で大胆だ。文章も練れている。近頃の軟弱に流れがちな美文調ではなく、まるで江

戸初期の書物を読んでいるような手応えがあるね」

「では、この作品は……」

「しっ……。しばらく静かにしてくれたまえ。気が散る」

亀井葉子がぺこりと頭を下げたのを見て、武蔵は心のなかで笑った。そして、またしても二時間ほどが過ぎた。あまりに静かすぎるので武蔵はうとうとしていたが、バン！　という音に目が覚めた。坂東が武蔵の原稿を机に叩きつけている。

（やはり駄作だったか……）

と武蔵が思ったとき、坂東は朝倉の机にその原稿を持って歩み寄り、

「進行中のすべての書籍を後回しにして、本作を出版することを進言いたします！」

彼はそう言った。

◇

それからの数カ月はあわただしかった。本というものを出すのに、これほど手間がかかるとは思わなかった。亀井葉子から何度も書き直しを命じられ、直しても直してもまたべつの指摘が入る。やっとのことでＯＫが出たのは二カ月後だったが、

そのあとも校閲担当者からのチェックがあり、武蔵は寝る暇もなかった。昼間は人力車夫として必死に働き、夜は夜で小説のために徹夜をする。印税契約の場合は武蔵自身の印鑑を一冊ずつ捺印しなくてはならない。

そしてついにその日が来た。内務省の検閲も合格し、宮本ひさし著『蒸気力車夫』は書肆(しょし)の店頭に並んだ。武蔵は、著者用として文朝堂から送られてきた十冊の本の表紙を飽きずに眺め、何度も撫でさすった。

(俺の本……まさか、こんなことになろうとは……)

武蔵はそのうちの一冊を夏子の墓前に捧げ、もう一冊を弐助に手渡した。

「へーっ、こりゃまたびっくり仰天だ。あんたの脚がすごいというのは知ってたが、おつむの方もすごかったとはねえ。お見それしました、学者先生」

「そんなものではない。この本は人力車夫のこと、つまり、自分のことを面白おかしく書いたのだ。自分のことを書くならだれでもできる」

「そんなこたあねえよ。あっしにゃ無理だ。そもそも本なんて読んだことがねえんだからね」

「そう言わずにこの本だけは読んでみてくれ」

「ああ、持って帰ってゆっくり読まあ」

「いや……ここで最初のページを開けてほしいのだ」

「え？　そうかい？　じゃあ、まあ……」

弐助は巻頭のページを見た。そこには、

本書を、樋口一葉、正岡子規、陸蒸気の弐助の三氏に捧ぐ。

とあった。弐助は目を丸くして、

「こ、こ、こいつぁたまげた。こりゃああっしの名前じゃねえか！」

「そうだ。この本を書くうえで弐助殿の名前が大事な働きをしてくれたのだ」

「お、おい、なんてえことをしてくれたんだ……」

「いけなかったか？」

そう言って武蔵がひょいと弐助を見ると、弐助はぼろぼろ涙をこぼして、

「ありがてえなあ。あっしゃあ生まれてこの方こんなうれしいこたあはじめてだ。まさか自分の名前が本に載るたあ思わなかった。死んだ親父やお袋が知ったらどんなに喜んだかしれねえ。ああ、ありがてえ」

喜ぶ弐助を見て、武蔵もうれしくなった。

「おい、今日は祝杯だ。あっしがおごるよ。とことん飲もうぜ！」

弐助は武蔵の肩を力強く叩いた。

◇

しばらくは車屋稼業に精を出していた武蔵だったが、発売から十日ほど経ったころ休みを取り、数冊の「蒸気力車夫」を携えて根岸の子規庵に向かった。玄関をくぐると、八重が出迎えてくれた。

「ちょうど今、森鷗外先生と夏目金之助さんがみえていますよ」

「夏目……ああ、あの御仁か」

はじめてこちらの世界に来たときに親しく接してくれたあの人物だ。今は熊本に赴任しているはずである。

(あれからもう一年も経ったのか……)

武蔵は感慨をあらたにしながら、奥の座敷に入った。

「おお、宮本さん！」

子規は苦痛に顔を歪めながらもできるかぎりの笑みを浮かべ、

「やりなすったのう！　おめでとう。はじめて会うたときから、あんたはかならずやるおひとじゃと思うていたが……存外早かったぞな」

「これも正岡殿のおかげです」

「なんの……私はなんもしとらん。ベースボールに誘うただけじゃ」

子規は枕元に散らばっている多くの本のなかの一冊を手にして、

「さっそく読ませてもろうたが、ベースボールの場面もあって愉快じゃった」

「もう入手なさったのですか？　今日、持参いたしましたのに……」

「発売日を待ちかねて、妹を買いにやらせた。献辞までちょうだいするとは名誉なことじゃ」

武蔵は森鷗外と夏目金之助のふたりに挨拶をして、自著を手渡した。夏目金之助は、

「『蒸気力車夫』……ということは、以前こちらでお話ししておられた、あの話を完成させたのですな」

「まあ、中身はかなり変わりましたが……」

寝たままの子規が、

「夏目さんが言うておった一葉女史の作品とはまるで違うが、新時代の小説じゃ。私は、読ませてもろうとるあいだ痛みを忘れていた。娯楽作品としてきわめて優れていると思う。講談調で読みやすいし、きっと評判を取るじゃろう」

「自分のことを書いたまでです」

「それでいいのじゃ。これからは小説も俳句も写生が重要になる。頭で感じたこと

と見たまま、体験したままを混ぜるのじゃ。つまり……」

　子規は、三人が来てくれたことに喜び、興奮して文学論を延々語りはじめた。そこに妹が煎餅を盛った鉢を持ってきた。話の接ぎ穂に武蔵が夏目金之助に、

「夏目さんは小説は書かないのですか」

　金之助は頭を掻き、

「私は一介の英語教師です。たまに下手な俳句をひねるだけで、小説などは書けません」

　子規が、

「そんなことはない。宮本さんが車夫である自分のことを書いたのじゃから、夏目くんも自分のことを書けばよい」

「自分のこと……と言っても、なにも書く材料がない」

「ははは……だったら飼ってる猫のことでも書くんじゃな」

「馬鹿を言うな。そんなものが小説になるか」

　三人は笑い合った。鷗外が、

「この本の献辞にもあるが、樋口女史は残念だった。私も日本で一番と思う医者を手配ったのだが、時すでに遅しで救えなかった」

　武蔵は頭を下げ、

「森先生のご尽力に樋口殿も感謝しておられました」

「私の独逸留学の体験からして、これから日本が取るべき道は、欧米の進んだ医療をもっともっと取り入れることです。ああいう病気で早世するものを少しでも失くさねばなりません。それなのにこの国は間違った方向に向かっている。軍医として政府に奉職するものとして、そう感じます」

「間違った方向とは？」

「急速に軍国主義を押し進めることで、欧米と協力するどころか、対立を深めている。軍備ばかり増強しているが、それ以外の文化が追い付いていない。今はまだじっくりと国力を高めていくべき時期なのに……」

「なぜそのようなことに？」

武蔵がきくと子規が、

「清国との戦のせいぞな。日本は清に勝ってしもうて急に列強の仲間入りをした。亜細亜(アジア)でただひとつの植民地を持つ国になり、そのことでいろいろ無理が生じとるんじゃ。大国の清を打ち破ったことで政府はうかれてしまい、近代国家になったと勘違いしたぞなもし」

「ははあ……」

夏目金之助が、

「そのあとがいかん。宮本さんもご存じのとおり、日本は清国から遼東半島と台湾なんぞを分捕ったが、露西亜は仏蘭西や独逸とともに遼東半島を清国に返せ、と言ってきた。日本は露西亜の言い分に屈して遼東半島を放棄し、それで国際社会におけるわが国の株は大いに下がった。朝鮮も露西亜の後押しで日本の手から離れてしまった。その露西亜は満州を虎視眈々と狙っている。ひとつ間違えば、日本は欧米にもみくちゃにされて滅びてしまう」

　すると、森鷗外が煎餅を齧りながら、

「その露西亜だが……」

　と言ったあとしばらく黙ってしまった。子規が、

「どうした、森先生。なんぞ思い出したことでもありよるんかね」

「うむ……そういうことだが、ここで言ってよいものかどうか……」

「あっははは……今ここにおるのは、ただの俳諧師、小説家、英語教師じゃ。なにを言うてもかまうまい」

　鷗外は居合わせた顔ぶれをしげしげと眺めたあと、

「ならば……うむ、言うてしまおう。じつはきな臭い話があるのだ。私が陸軍の上層部から漏れ聞いたところでは、日本政府の内部情報が露西亜に漏れているらしい。内通者がいるようなのだが、いくら調べてもわからんそうだ」

子規が、

「露西亜とは大津事件以降関係がこじれ、三国干渉でも朝鮮独立の件でも煮え湯を飲まされている。そんな相手に国家機密を売り渡すとはけしからん輩じゃ！」

憤慨した口調で言うと夏目金之助が、

「けしからんと言えば、ここに来る途中、世話になった教授に挨拶するために帝大に寄ったのだが、日本が欧米並みの文化を獲得するためには女性への高等教育が必要だ、と訴えていたある教授が、校内で闇討ちにあって大怪我をしたそうだ。犯人は捕まっておらん。というより、帝大側が探そうとしないらしい」

「どうしてです」

武蔵がきくと、

「帝大の学長たちも、犯人側と同じ考えだ、ということだな。女に教育は不用だと思っている。だれがやった、という明白な証拠でも出てこないかぎりは放っておくつもりだろう」

子規が、

「たしかにけしからん。意見が違えばそんな卑怯な真似をせず、正々堂々と論破すればよいものを……」

武蔵には犯人の心当たりがあった。

「闇討ち、と言われたが、どのような目にあったかおわかりか」

「うしろからいきなり頭を殴られ、倒れたところを棒のようなもので何十カ所も叩かれて意識を失ったらしい。骨が何カ所も折れていたそうだ」

やはりそうか、と武蔵は思った。

「宮本さん、その件についてなにかご存じなのか」

武蔵は大山志朗兵衛について金之助に言おうかどうか迷ったが、

「いえ……」

と答えた。そして、

（亀井葉子の身が危ないのでは……）

と思った。

◇

一作目が好評なのですぐに二作目を書いてくれ、と亀井葉子に言われた武蔵は安請け合いしたものの、いざ書き出そうとすると、まるで書けない。というより、どうして一作目はあんなに一気呵成に書き上げることができたのか、今となってはまったく思い出せないのである。

（文学とは不思議なものだな……）

深夜、長屋の部屋で武蔵は嘆息した。剣の勝負でも、どうやって勝てたのか、あとになって思い出そうとしてもわからないことが度々あった。

（無我夢中だった、ということか……）

昼間は車夫としての仕事があるから、書けなくても当然だ、とも思うが、それを言い訳にしているといつまでたっても書けないだろう。

（なにを書くか……）

正岡子規は「自分のことを書けばいい」と言っていた。

（自分のこと……）

武蔵は「時を超えて明治の御世にやってきた武士」である。その武士が文明開化の世の中にとまどいながらも新しい生き方を探っていく、という話はどうだろうか。だが、それだけでは面白くない。武蔵は森鷗外のことを思った。鷗外は医者である。しかも、かなりの名医らしい。

（もし、俺がいた時代に鷗外先生ほどの医者がいたら……）

大勢の人間が死なずにすんだかもしれない。そして、夏も救えたのではなかろうか……。

武蔵の頭に、からからと巻物を紐解くように物語が転がりはじめた。

江戸時代、重い病を得た許嫁を救わんとして医者になった男がいた。しかし、そのころの医学はまだ未発達であり、その許嫁の病を治すことはできない。

「今から百年後、いや、二百年後の世界にはきっとこの病気を治す医術が完成しているにちがいない。私は行きたい、二百年後の世界に……」

日夜そう思い詰めているうちに、男は時空を超えて明治時代にやってくる。彼は必死の努力によって新しい医学を学び、ついには医学博士にまでなった……。

（これはよい。許嫁を救えるぞ……）

武蔵はなおも空想の翼を羽ばたかせた。

（だが、いくら技術を得ても、これではもとの時代に帰ることができぬではないか……）

またしても偶然に時を超えてもとに戻る……というのは、あまりに都合が良すぎる。武蔵は「月世界旅行」のことを思った。たまたま月へ行って、その後戻ってきた……というようなおとぎ話ではない。登場人物たちがみずからの力で考え、作り、やってみるのだ。もちろんそれは法螺話だが、法螺は法螺でも屁理屈の通った法螺でなければ新時代には受け入れられないのではないだろうか……。

人力車が機関車よりも速く走るためには、蒸気機関を利用した。人間が地球から月に至るためには、大砲を利用した。一旦時空を超えたものがもとの世界に戻るにはなにが必要なのか……。

（そうだ……！）

武蔵は膝を叩いた。

（月に到達する大砲のような文明開化の機械だ。時を超えるのだから……そうだ！　時間を遡れる機械を発明することにすればいい！）

突然のひらめきに武蔵は興奮し、そして笑った。なんという馬鹿馬鹿しい思いつき。武蔵は自分で自分の考えにしばらく爆笑していたが、やがて筆を取り、一行目を書き始めた。

文朝堂からの使いが「走竜社」までやってきた。亀井葉子からの呼び出しである。武蔵は頭を抱えた。とうにできあがっているはずの新作はまだ三分の二ほどで、まだまだ時間はかかりそうである。
（どうせ催促だろう。無視してこのまま書き続けるか……）
一旦はそう思ったが、たまには会いたいという気持ちもある。武蔵は亀井葉子のどんなことがあってもつねに前向きな性格に惹かれていた。いつも身分の低いものや女性、貧民など、弱者の立場に立って考えている。会うたびに耶蘇教に入りませんかと勧めてくるのは閉口だが、それ以上強制しようとはしない。

「わかった。今日の夕刻にお伺いする、と伝えてくだされ」

武蔵はそれから夕方まで車夫として稼いだあと、徒歩で文朝堂へ向かった。

「宮本さん！」

ドアを開けると亀井葉子が駆け寄ってきた。武蔵は立ったまま、

「すまぬ。まだ書き上げておらぬのだ。というのも、近頃左手が痛くて、あ、いや、右手であった。右手が痛いような、かゆいような心持ちでどうも筆が持ちにくく、それに風邪気味で鼻が垂れるので原稿用紙が……」

「なにを言っておられるのです？」

「原稿が遅れている言い訳をしておる」

「そんなことでお呼びしたんじゃないんです」

亀井葉子は武蔵に応接椅子に座るようながし、自分も横に座ると、

「おめでとうございます！『蒸気力車夫』の増刷が決まりました。しかも、大増刷です。最初の刷り部数よりも多いのです」

「増刷とはなんのことだ」

編集長の坂東がやってきて、

「はじめに印刷した分が全部売り切れそうなので、追加で印刷をする、ということですよ」

「つまり……どういうことだ。それがなぜめでたい？」

坂東はじれったそうに、

「ものすごく売れた、ということです。宮本さん、大当たりですよ。大好評です。日本中の書店から、売り切れてしまったから早く納品してくれ、と注文が殺到しています。うちとしてもこんなありがたいことはない。今も亀井くんに、宮本先生の二作目はどうなっているのかたずねていたところです」

「ははははは……」

武蔵はぼりぼりと頬を搔き、

「昼間は人力を引いておるゆえ、なかなか時間が取れん。もう少し待ってくだされ」

亀井葉子が、

「そのことですが、一作目の売れ行きも好調ですし、そろそろ車夫を辞めて文筆一本に絞っていただけないでしょうか。宮本先生でしたらかならず成功すると思いますし、及ばずながら私たちもできるかぎりの助勢をいたします」

「うーむ……そう言うてくださるのはありがたいが、あの車宿には、田舎からなんの当てもなく出てきたところを拾ってもろうた大恩があるのだ。俺の素性もたしかめず、信用して雇うてくれた。あの会社がなかったら俺は路頭に迷うて死んでいたかもしれぬ」

　坂東がうなずいて、

「なるほど、そうでしたか。そういうことでしたら、我々も無理は言わず、作品ができあがるのを腰を落ち着けて待ちますのでよろしくお願いいたします」

　亀井葉子が、

「えっ？　いいんですか？　一作目が売れている今、二作目を出すべきでは……」

「いいんだよ。今の話で宮本先生のお人柄がよくわかるじゃないか。それを尊重しよう。急かしても良いものはできないさ」

「でも、これからは他社の引き合いも増えるでしょうし……」

「義理堅い宮本先生のことだから、まずはうちに書いてくださるよ。——ですよね、宮本先生」

「もちろんだ」

　武蔵はそう言ったが、一作目が発売されたことだけでも夢のようなのに、よそからの注文が来るなどとても思えなかった。

「先生、せめて二作目の構想だけでもお話しいただけませんでしょうか」

亀井葉子が食い下がるので、武蔵は今書いている作品の内容を説明した。坂東が、

「宮本先生、すばらしい着想です！　時間を自由に行き来するなんて、よくもまあそんなことを思いつくものだ」

亀井葉子も大笑いしながら、

「本当ですね。時間が川のようにずっと同じ方向に流れているとしても、川なら流れに逆らうこともできるわけですから、時間だってそうかもしれません。先生、きっとその本も人気が出ますよ。ああ、読ませていただくのが楽しみです」

坂東がしみじみと、

「時間を逆行するなんてぜったいにありえない、小説のなかでしか実現しないことだが、それこそが小説の強みでもある。今の自然主義小説に欠けているのはそういう奔放な空想力だと私は思うね」

しかし武蔵は、それが「小説のなかでしか実現しない」ことかどうかわからなかった。現に自分は時を超えてここにいるのだから……。

「そうだ、亀井くん、そろそろ行ったほうがいいんじゃないか？」

坂東が壁掛け時計を見てそう言った。

「あら、もうこんな時間……宮本先生、申し訳ありませんがこれで失礼いたします。ちょっと出かけなければなりませんので……」

「今からまだ仕事があるのか。たいへんだな」

「じつは、例の桑本新十郎に女子教育の件で幾度となく取材を申し込んでいるのですが、そのたびに無視されるので、思い切って内務省に行くことにしたのです。なかには入れないでしょうから、仕事が終わって出てきたところをつかまえて、直に質問をぶつけてみようと言うことになりまして……」

「うーむ……女性ひとりで行くのは危険ではないか？」

「心配いりません。話をきくだけですから。いざとなったら大急ぎで逃げます」

自信があるのか、亀井葉子は笑ってそう言った。

亀井が出ていったあと、武蔵はどうも落ち着かなかった。

「坂東殿、俺もそろそろ帰ることにする」

「え？ そうですか？ 今夜は増刷記念に私と社主で一席設けようと思っていたのですが……」

「それはありがたいが、ちと野暮用があってな」

「それなら仕方ありませんね。また後日お誘いいたします」

「かたじけない」

武蔵は礼を言うと文朝堂を出た。帝大構内での闇討ち事件のことが頭にあった。亀井葉子の身が心配になってきたのだ。まだ遠くへは行っていまい、とあたりを探すと、亀井葉子は人力車に乗ろうとしているところだった。武蔵は駆け寄ったが、亀井の乗った車は走り去ってしまった。武蔵はあわててべつの人力を呼び止め、

「あの車を追いかけてくれ」

しかし、その車の車夫はよぼよぼの老人で、おまけに風邪をひいているのか水っぱなを垂らしている。

「おい、急いでくれ」

「これで精いっぱいなんでさあ」

「うーむ……」

武蔵の乗った車は途中で何台もの人力車に追い抜かれたあげく、とうとう亀井葉子の車を見失ってしまった。武蔵はそこで車を降り、べつの車を止めた。

「内務省まで行ってくれ」

「合点(がってん)承知の助！」

今度の車は速かった。

「正面玄関でかまいませんかい？」

うなずこうとした武蔵だが、

「いや……裏に回ってくれ」

「へい」

内務省の裏門に着いた武蔵は亀井葉子の姿を探したが、見当たらない。おそらく正面玄関に張り付いているのだろう。武蔵は門の見渡せる場所にある蕎麦屋に入り、酒ともり蕎麦を注文した。武蔵は自分が桑本新十郎の顔を知らないことに気づいた。

（どうしたものかな……）

三本飲み、四本目を頼もうと思ったとき、裏門から見慣れた顔が出てきた。大山志朗兵衛である。用心棒がいる、ということは近くに桑本新十郎もいるにちがいない。武蔵は急いで勘定をすると、外へ出た。

大山志朗兵衛に続いて、山高帽をかぶり、フロックコートを着た恰幅のよい紳士がステッキを突いて現れた。高額そうなものばかり身に着けている。こいつが桑本新十郎だろう、と武蔵は見当をつけた。大山志朗兵衛は車を二台止めようとしているようだった。一台目はすぐに捕まったが二台目がなかなかやってこない。武蔵は正面玄関へと走った。案の定、亀井葉子は立て看板の陰に隠れて門を見張っている。武蔵はそっと近づき、肩に手をかけた。

「ぎゃっ」

と叫んで亀井葉子は振り返り、

「み、宮本先生、どうしてここに」

「裏門に回るのだ。さ、早く！」

武蔵は亀井葉子の手首をつかんで走り出した。

「先生、痛い痛い……」

しかし、早くしないと車が行ってしまう。焦った武蔵のまえを一台の人力車が横切った。それは同じ「走竜社」に所属する車だった。車夫の顔を見ると、なんと弐助である。

「弐助殿！」

「ありゃ、宮本さんか」

「すまぬがその車を拝借したい。よいか？」

「ああ、かまわねえよ。今から会社に帰るところだったんだ。あとで返しておいてくれりゃあっしの方は手間が省けたってもんだ。社長にゃあんたに貸したってそう言っとかあ」

「かたじけない。——亀井殿、さあ、乗ってくれ」

亀井葉子はなにがなんだかわからず目を白黒させて、

「え？　え？　どういうことですか？」

「よいから……！」

武蔵は亀井葉子を抱き上げると座席に放り込み、

「よくつかまっておれ！　行くぞ！」

亀井葉子を乗せた人力は猛然と走り出した。あっという間に裏門に到着した武蔵だが、ふたりの男の姿はない。小手をかざして四方を探すと、二台の車が並んで去っていくのがかすかに見えた。剣客として訓練を積んだ武蔵の目だからこそ捉えられたのである。

「あれだ。――亀井殿、あとを追うぞ！」

「お、お、お願します……！」

「いざ……！」

武蔵は走り出した。次第に二台の人力車との距離が縮まっていく。武蔵は少しずつ速度を落としていった。

「どうする。このままえに回り込むか？」

やっと落ち着いたらしい亀井葉子が、

「車に乗っているところを取材はむずかしいです。家に着いて車を降りたら、そのときに……」

「相分かった」

しかし、二台の車は桑本の自宅には向かっていないようだった。

「おかしいです。家とはまるで異なる方向です。日比谷に妾(めかけ)を置いているのですが、そちらともちがうようですし……」

「どこかの料理屋にでも行くのかもしれぬな」

そのとき、武蔵の曳く車がいきなり傾いた。横倒しになるところを必死に立て直そうとしたが、ついには路肩に斜めに停車してしまった。

「亀井殿、大事ないか！」

「は、はい。なんとか……」

検(あらた)めると、車軸が折れているではないか。これはどうにも仕方がない。

「すまぬ。降りてくれ」

そのあとふたりは桑本たちがどこに行ったのかつきとめようとしたが、皆目わからぬ。二時間ほど探しに探して、ようよう虎ノ門のあたりの路上に二台の人力車が止めてあるのを見つけた。武蔵はその車の車夫に、

「時間潰しか？」

と声をかけた。車夫は武蔵が車を曳いているのを見て同業者と思い、なんの疑いも抱かずに、

「ああ、さっき内務省から乗った旦那でね、帰りも頼む、と言われて待ってるところさね」

「その旦那たちはどこに行った？」

「さあ……ここで車を降りて、どこかに行っちまったよ。——ああ、戻ってきた。

旦那、こっちでさあ」

　車夫が手を挙げると、桑本新十郎と大山志朗兵衛がこちらにやってきた。ふたりともかなり酩酊しているようだ。ふたりとも手に風呂敷包みを下げており、大山は袋に入れた木刀らしきものを背負っている。

「よう飲んだのう。みやげももろうた」

「わしまでみやげをいただいてしまいました」

「では、帰るとするか」

　車に乗ろうとした桑本のまえに亀井葉子が飛び出し、

「内務省の桑本先生ですね」

「そうだが、きみは？」

　桑本は亀井葉子の全身をなめるように見た。

「文朝堂で記者をしている亀井と申します。女性の人権向上についてお話をうかがいたいのですが」

「きみ、今、何時だと思っているのだ。しかも、こんな路上で取材など失敬千万だろう」

「内務省の窓口に、何度も桑本先生の取材をしたい、と申し入れているのに返事がありません。ですから、このような形での取材になりました」

「そもそも女の記者を寄越すなどというのが無礼なのだ。その雑誌社もなにを考えているのか！」

「女の記者がどうして無礼なのです」

「うるさい。帰れ。わしは男の記者にしか会わんぞ」

「帰りません。先生が、帝大への女性入学や耶蘇教教会による女性教育に反対しているというのは本当ですか」

「答えるつもりはない」

「これからは女性もどんどん社会に出ていくべきで、そのためには男女が同等の教育を受けねばならないと思いますが、それについてどう思われますか」

「女はな、家におればよい。黙って男に従い、子を育てるのが役割だ。それが昔からの日本の美風なのだ」

「それは、先生のご意見ですか、それとも内務省としてのご意見ですか」

「そんな質問には答えられぬ」

「どうしてですか」

「きみも女性記者なんぞやっとらんで、よい男を探して結婚するんだな。それが女の幸せというものだ。でないと、嫁の貰い手がなくなるぞ」

　さすがに黙っていられなくなった武蔵が、

「幸せの形というのはひとりひとり異なるものだ。女の幸せ、男の幸せ、とひとくくりにすることはできぬ」

大山志朗兵衛が武蔵に気づき、

「また、おまえか。叩きのめしてやったのに性懲(しょうこ)りもなく現れよって……。今日は容赦せぬぞ」

「帝大の構内で教授が闇討ちにあったそうだが、あれはおまえの仕業ではないのかな。おまえが俺にやったように、木刀のようなもので滅多打ちにされたらしいが……」

「な、なんの話だ。わしは知らぬ」

「そういえば、現場の近くに帝大剣術同好会の襷(たすき)が落ちていたとも聞く」

「う、嘘だ。襷など身に着けていなかったはず……」

「ほうら、語るに落ちた。やはりおまえたちか」

「ち、ち、ちがう。わしらではない」

「将来のある若い学生をたぶらかして巻き込むな。それは罪深いことだと知れ」

「くくく桑本先生、こやつは曲者ですぞ。お気をつけなされ」

「骨身に染みるようにしてやれ」

大山は持っていた袋から木刀を出すと、

「真剣でないのが残念だわい」

　得物を持たぬ武蔵は手刀で対峙した。ふたりは向き合ったまま走り、少しはなれた場所まで移動した。

「ここならひと目もない。安心してあの世に送れるというものだ」

「呆れたな。おまえはまだ、俺との腕の違いがわかっておらぬのか」

「わかっておる。だが、こういうものがあるのだ」

　大山志朗兵衛はふところからなにかを取り出し、その先を武蔵に向けた。

「なんだ、それは？」

「知らんのか。ピストル……つまり、短銃だ」

「銃？　そんな短い銃があるのか」

「いくらおまえでもピストルの弾には勝てまい。——死ね」

　武蔵の左胸を狙って、大山は引き金を引いた。パン！　という音がして、武蔵は胸に熱く、灼けるような感覚を覚えた。だが……それだけだった。大山はたじろいで、

「なぜに倒れぬ。死なぬのだ。貴様は化け物か……！」

　そのとき、

「きゃあああっ！」

亀井葉子の悲鳴が聞こえた。武蔵は身をひるがえし、そちらの方角に向かって走った。駆け付けてみると、桑本新十郎が亀井葉子を羽交い絞めにして、

「どうだ……記者などやめて、わしの妾にならんか。わしはこれから出世する男だ。悪いようにはせぬぞ」

「やめてください……やめなさい……やめろ！」

武蔵は桑本に飛びかかり、亀井葉子から引き剥がした。殴りつけようかとも思ったが、力に訴えるのは亀井が嫌がるだろうと思い、そこに横倒しになっていた車に咄嗟に手をかけた。

「な、なにをするつもりだ！」

怯えた桑本がステッキを振り上げたが、武蔵は構わず人力車を両手で持ち上げた。

「うがあああっ！」

野獣のような声とともに武蔵は車を頭上に高々と差し上げた。両腕の筋肉がぶちぶちと盛り上がった。とてつもない金剛力である。桑本と大山が頭を抱えた。武蔵は亀井葉子をちらと見て、にやりと笑うと、その人力車を桑本たちのまえに叩きつけた。車は木っ端みじんに砕け散った。

「うへえっ！」

「鬼だ！」

ふたりはその場に腰を抜かしている車夫に、

「ははは早く車を出せ」

「どこに行くんですかい」

「どこでもいい。遠く……遠くだ！」

二台の車が去っていくのを武蔵は笑いながら見送った。亀井葉子が頭を下げて、

「宮本先生……」

そう言って言葉に詰まったのを見て、

「無事でよかった。地位が高くとも愚劣で下衆な輩はおるものだな」

「でも、先生……ピストルの音が聞こえましたが、外れたのでしょうか」

「ああ、あれか……」

武蔵は左胸のあたりを探った。なにか硬いものが手に触る。取り出してみると、天草基督教会でもらったロザリオの鉄の十字架だ。その中央に弾丸が刺さっているのだった。

長屋に帰った武蔵は車宿の社長に事情を話し、

「弁済させてもらう」

と申し出たのだが、

「かまへんかまへん。あんたにはぎょうさん儲けさせてもろてるさかい、車一台ぐらい気にせんとって。それに、あんたが人力車夫の小説を書いてくれたおかげで、人力に乗るもんが増えとるのや」

そう言って受け取らなかった。

武蔵が桑本新十郎が忘れていった風呂敷をほどくと、なかにあったのは異国の酒だった。なんという名の酒か調べようにも、文字が読めぬ。武蔵は茶碗に次いで一口飲んでみた。

「辛いな……」

その酒はかなり強く、また、日本酒のような甘味はほとんど感じられなかった。どちらかというと焼酎に近いように思われた。だが、慣れてくると、

（なかなか美味いではないか……）

酒の力も借りつつ、武蔵はやっとのことで二作目を書き上げた。前作を書いたときのような感動はなく、肩の荷が下りたような気分だった。原稿を文朝堂に持参したあと、武蔵は大の字になって二日ほど眠った。二日目の夕刻、文朝堂から使いが来て、すぐに来てほしいという。行ってみると、亀井葉子も坂東も大喜びだった。

「面白かったです！　一作目以上の評判を取ることは間違いないでしょう」

「やりましたね、先生！」

そう言われても武蔵には、その作品が面白いのかどうかの判断がつかなかった。

物語は、江戸時代からやってきた侍が苦心のすえに医者となり、時間を遡る機械の力でふたたびもとの時代に戻って、許嫁の病を治すというところで終わっていた。

しかし、現実には今から武蔵が医者になれるわけはないし、時間を遡る機械も存在しない。だから、武蔵には夏を救うことはできないのだ。夏がだれかと結ばれて子孫を残した、という事実だけで満足しなければならないのだ……。

「亀井くん、大至急校正作業にかかってくれたまえ。できるだけ早く発売したい」

「わかりました」

坂東が少年のひとりに、

「吉川(よしかわ)くん、先生にお茶を頼む」

しばらくするとその少年が湯呑みを盆に載せて運んできた。坂東が、

「この子は宮本先生の小説の大ファンなんですよ」

少年は照れたように、

「先生の『蒸気力車夫』は何度も読み返しました。今度の作品も楽しみです」

「ほう……」

「ぼくの弟の英治も『蒸気力車夫』が大好きで、いつか小説家になるんだ、なんて言ってます」

「それは頼もしい。がんばってくれたまえ、と弟くんに伝えてくれ」

「ありがとうございます」

　少年が去ったあと武蔵が、

「ところで、あれから桑本新十郎の方はなにか動きがあったか？」

　そうたずねると、亀井葉子が言った。

「向こうからはなにも言ってきません。私は何度も内務省に正式な取材を申し入れたのですが、返答はありません。ただ……」

「ただ、なんだ？」

　亀井葉子は顔を曇らせた。

「会社への行き帰り、ずっと視線を感じるのです。だれかがつけてきている、と思って振り返ってもだれもいないし……気のせいだとは思うのですが……」

　武蔵の頭に浮かんだのは帝大内の闇討ちで大怪我をした教授のことだった。

「それはいかん。俺が今日から送り迎えをしてやろう」

　亀井葉子は笑って、

「先生にそんなことをさせるわけにはまいりません。できるだけ気を付けるようにいたします」

「俺の方はまるでかまわぬのだが……それならなるべくひと通りの多い道を選ぶようにしてくれ」

「わかりました。——記事はだいたい書けたのです。大山志朗兵衛と帝大剣術同好会による耶蘇教への暴行、女性への高等教育や耶蘇教による女学校設立に反対する桑本新十郎、そのふたりが親密な仲であることなどをまとめました。帝大内での闇討ち事件にも触れてあります。——編集長、宮本先生に原稿をお見せしてもよろしいでしょうか」

「宮本先生も当事者だからいいだろう。ぜひ、読んでいただいてご感想をうかがいたいです」

武蔵は渡された記事原稿を熟読した。教会の襲撃や虎ノ門で桑本に「妾になれ」と迫られたこと、武蔵の名は伏せられていたが武蔵への発砲についても細かに描写されていた。しかも、とてもわかりやすく書けていて、武蔵は感心した。

「さすがに本職の書く文章は違うものだな」

「ありがとうございます」

「だが……こんな記事を載せて大丈夫なのか？　桑本と大山がこれを読んだら激昂するだろう。発禁になるかもしれぬぞ」

編集長は顔を紅潮させ、

「そのとおりです。しかし、私は発禁を覚悟してでもこの記事を載せる意義があると思います。さまざまなことに対する問題提起になっているし、この亀井が実際に見聞きしたことが土台になっているだけに生々しい内容です。これを読んだ読者はかならず、今の日本がまだまだ文化的に遅れていることを実感し、どうにかしなければならないとの感を抱くはずです。たしかに危険ではありますが、社主の了解も得ております」

「ううむ……上手くいくだろうか」

「宮本先生、ペンは剣よりも強し、ですよ」

「ペンは……なんだと？」

「言葉の力は暴力より強い、ということです。私は出版社に奉職するものとしてこの言葉を信じています」

武蔵は坂東という男が頼もしく思えた。

「なれど、発禁になってしまったら読者の目に届かずじまいになるのではないか？」

「そこなんです。雑誌の検閲は新聞に準じますから、発行と同時に内務省に届けて検閲を受けねばなりません。それをなんとかごまかせぬかと思案しているところです」

「ふうむ……」

武蔵はしばらく考えていたが、

「小説の体にしてはどうかな」

「え……？」

「記事ではなく、小説だということにすれば、検閲官の目もすり抜けるかもしれん。人物名も桑本新十郎を桑畑三十郎とか、大山志朗兵衛を小山黒兵衛とか言い換えてしまえばよい」

「なるほど、それだ！　毎月膨大な新聞、雑誌、書籍が発行されるのだから、検閲官も小説ならばチェックが甘くなるはず。亀井くん、さっそくこの記事を小説風に書き直すのだ」

「わかりました！」

亀井葉子の目が俄然輝きを帯びた。

亀井葉子の「小説」が掲載された雑誌は無事に発売された。しかも、武蔵の二作

目「時を駆ける武士」と同じ日に、である。武蔵は一作目のときと同様、一冊を夏子の墓に供え、もう一冊を根岸の子規庵に持参した。

子規の容態はかなり悪化していた。二度の手術にもかかわらず病状はよくならず、尻に二カ所の穴が開いて膿が噴き出しているという。しかし、そのような体調にもかかわらず、子規の文学への思いは熱かった。

「おお、早くも二作目が出たか。表紙もよいのう。今日、新聞に広告が出ておった。それもみな、世のなかがあんたに期待しているということじゃ。うらやましいのう」

「いや、そんなことはない」

「そんなことはある。じゃが、私（あし）も負けとらぬぞ。あと何年生きられるかはわからんが、そのあいだに後世に残るような仕事をしたいもんぞな。文士の値打ちは、いかに長く生きたか、ではなく、いかに濃く生きたかじゃ。今度、俳句だけでなく、短歌の改革をはじめようと考えておる。今の日本の歌読みは、いまだに古今和歌集なんぞを金科玉条のごとく後生大事にして、古いもののうえにあぐらをかいておる。新しい価値を生み出そうという気概もなにもない。私（あし）はそこに一石を投じるつもりじゃ。さぞかし下手な歌読みどもがチーチーパーパーとかまびすしく文句を言うてくるじゃろうが、それもまた楽しみぞな」

子規の情熱は武蔵の心を打った。

「私はこの布団のうえからは外に出られぬ。結界のごとき布団じゃ。しかし、精神はどこまでも飛んでいける。北海道へも琉球へも、亜米利加へも露西亜へも……いや、時間も空間も超えて、戦国乱世のころや平安貴族のころ、月や星へも行けるぞな。私は自由じゃ。——あんたもそうじゃろ?」

「そうありたいと思うておる」

「いつまで生きられるかはわからんが、それまでは列子のように風に乗り、心を遊ばせることに専念したい」

武蔵は、また来ると固く握手をして子規庵を去った。どうして天はこの男にもっと「時」を与えないのか、という怒りの気持ちがこみ上げてきたが、それはどうしようもないことなのだ。

長屋に戻ってくると弐助が、

「どこをほっつき歩いてたんだよ。客人だよ、客。ずーっと待ってるんだ。いつ帰ってくるかわからねえ、てあっしが言っても、待たせていただきますって動かねえんだ」

「待たせておけばよいではないか」

「それがその……耶蘇教のひとらしいんだよ。あんた、耶蘇教なのかい?」

「違う。だが、付き合いはある」

「早く会ってやってくんねえ」

武蔵が自分の家に入ると、そこにいたのは天草基督教会の沢田父子だった。

「おお、宮本さん。勝手に上がり込んですいません」

そう言ったのは息子の方だ。

「どうなされた」

沢田老人が、

「いや、あんたがなかなか教会に来てくれぬでな、こちらから押しかけてきたのじゃ」

「は……？　あなたが俺に、もうここへは来るな、と言うたので、その言に従っていたのだ」

「あれは言葉の綾じゃ。嘘も方便と言うではないか。わっはっはっはっ……」

息子が一本の巻物を取り出し、

「佐々木さんがあなたに渡してくれ、と置いていったこの巻物をいつまでも置いておくわけにもいかず、今日参上したというわけなのです。どうぞお収めください」

忘れていたわけではないが、沢田老人に「来るな」と言われたので、以来武蔵は教会を訪れてはいなかったのである。

「かたじけない。ありがたく拝読したい」

武蔵はその場でその巻物を開いた。よほど古いものらしく、開いただけで紙がぱらぱらと剝落した。墨も薄くなっていたが、なんとか読み取れた。そこには女の手らしき文字でこう書かれていた。

汝この世のものにあらざれば
もとの世に帰るべし
汝のごーるいんはここにあらず
夏への扉を開け
ひとたび死してもとの世に蘇らん

（なんのことだ……？　夏への扉……夏殿に会え、というのか。死んでもとの世に蘇れ、とは……俺に死ねというのか……？）

武蔵は当惑した。沢田父子に見せると、息子が首を傾げながら、

「耶蘇は、おのれが死ぬことによって大勢を救い、三日後に蘇りました。そういうことではないでしょうか」

「これは切支丹が書いたものだと？」

すると、父親の方が、

「ちがうじゃろう。耶蘇教では自殺は禁じられておる」

「では、どんな意味だ？」

「さあて……。死中に活を求める、とか、身を捨ててこそ浮かぶ瀬もあれ、とかいったことかもしれぬな」

「『死ぬ気でやれ』ぐらいのことをわざわざ巻物に書いて子孫に伝えるだろうか」

「ははは、わしにもわからぬわい」

照れ隠しのつもりか、老人は部屋のなかをぐるりと見渡し、

「書物ばかりじゃな。──お、異国の酒があるぞ」

「それは空だ。全部飲んでしまったが、なかなか美味かった」

「ほう……」

老人は空瓶を手に取った。武蔵が、

「文字が読めんのだが、どこの酒かおわかりか」

「ふむ……わしにも読めん字じゃが、おそらく露西亜語じゃ。つまり、この酒はウオトカであろう」

「妙な名の酒だな」

そう言いながら武蔵はふとなにかを思った。

（露西亜の酒……露西亜……）

そのとき、入り口の戸が開き、外から飛び込んできたものがいた。

「み、み、宮本先生！」

見ると、文朝堂で働いている吉川という少年だった。額に傷があり、血が流れている。

「どうしたのだ！」

「たいへんです。桑本新十郎と大山志朗兵衛が、亀井さんと編集長に話がある、と言って、手下を率いて会社に乗り込んできました」

「なにい？」

武蔵は立ち上がった。

「皆に乱暴を働き、ものを壊したりしています。亀井さんが人質にされていて、みんな手出しができません。ぼくは隙を見てなんとか抜け出したんです。とにかく……すぐに来てください！」

「よし、わかった。危険をかえりみず、よう知らせてくれた。礼を申すぞ」

武蔵は沢田父子に、

「お聞きの通りだ。これで失礼する。ご免！」

そう言って出かけようとすると、

「お待ちなされ。わしらも行こう。亀井さんはわしらにとって大事な仲間じゃ」

武蔵は弐助の家に行き、

「友人を救うために出版社まで大至急行きたいのだ。すまぬが車を三台用意してほしい」

「よしきた！」

武蔵は、人力車に沢田父子と少年を乗せ、自分は先頭を走った。武蔵の脚力は、みるみるうちに三台の車を引き離してしまった。文朝堂が入っている建物に着いても武蔵の勢いはとまらなかった。正面から入り、階段を駆け上がり、気が付いたらドアからなかに飛び込んでいた。

そこで武蔵は止まった。止まらざるを得なかったのだ。

窓ガラスは割られ、机は壊され、引き出しの中身は床にぶちまけられ、原稿の束が引きちぎられて散乱している。そんな惨状のなか、桑本新十郎を中心に大山志朗兵衛や帝大剣術同好会の学生たち、ヤクザもののような連中までが手に手に木刀、竹刀、包丁などを持って立っている。大山志朗兵衛が持っているのは本物の刀のようだ。その切っ先を大山は、床に座らされた亀井葉子の喉に突き付けている。その反対側に、社主や社員たちが身体を押し付けあうようにして立っている。すでに殴られたり、叩かれたりしたらしく、顔にあざのあるものや血を流しているものもいる。いちばんまえに立っているのは坂東で、社員たちを守ろうとするかのように両手を広げて桑本をにらみつけていた。

桑本新十郎は武蔵を見て、

「どこで聞きつけた」

「そのひとを離せ！」

「そうはいかん。この女はわしらについて事実無根のことをあれこれ書いて雑誌に発表しよった。わしの面目は丸つぶれじゃ。嘘つきは罰する必要がある。わしらは正式な抗議の一環としてここに来た。ほかのものはともかく、この女と編集長の坂東は許すわけにはいかぬ。大山の道場に連れていき、いろいろ問いただしたうえで反省をうながし、謝罪させる所存じゃ」

坂東は、

「謝罪する必要はない。すべて本当のことではないか」

「まだ言うか！」

桑本は坂東に歩み寄り、その顔面に木刀を振り下ろした。武蔵はすばやくまえに出ると、間一髪、その木刀の先端を右手でつかみ、軽々と奪い取った。

「そんなことをしてもいいのか。この女がどうなっても知らぬぞ。――おい、大山」

大山が亀井葉子の髪をつかんで顔を持ち上げ、その頬に刀を這わせた。頬に赤い筋が浮かんだ。

「貴様……」

武蔵は歯嚙みをした。大山は大笑いして、

「ははは……手も足も出るまい。木刀を捨てて、こっちへ来い」

「くそっ……」

武蔵は木刀を放り出し、大山のまえに立った。大山は目を細めると、真剣を鞘に収め、

「おまえには数々恨みがある。あの世へ送るまえに、それをゆっくりと晴らさせてもらうぞ」

そう言うと、いきなり武蔵の顔面を殴りつけた。ガキッと音がして、歯が欠けた。武蔵はそれを吐き出した。大山は続けざまに何発も武蔵を殴った。しかし、武蔵はじっと耐えた。

「手が痛うなった。——おい、剛田、木刀を貸せ」

大山志朗兵衛は木刀を借り受けると、武蔵の顔と言わず肩と言わず腕と言わず腹と言わず、滅多打ちにした。

「貴様のせいで……わしは大恥を……八つ裂きに引き裂いても……ううう……ぶち殺して……あの世に……」

興奮してなにを言っているのかわからない。武蔵の意識は次第に薄れていった。

（もうこうなったら死なばもろともだ。あとさきを考えず、こやつと心中する覚悟

でひと暴れしてから死んでやろうか……）

そんなことも思ったが、それでは亀井葉子が殺されてしまう。耐えるしかないのだ。

「もうそろそろ最後の仕上げをしてやろう。念仏でも唱えておれ」

刀を抜いた大山は天上近くまで振り上げ、

「死ねっ！」

その瞬間、半開きになっていた入り口のドアが全開になり、ものすごい勢いで人力車が突入してきた。曳いているのは弐助だ。

「陸蒸気の弐助、これにあり！　うおおおおっ！」

弐助は叫びながら大山に向かって突進すると、車ごと体当たりを食らわせた。大山はひっくり返り、武蔵はすばやく右手で亀井葉子を抱きかかえ、左手で刀を拾うと坂東のところまで駆け戻った。坂東は目に涙を浮かべて、

「宮本先生……！」

恐怖でぐったりしている亀井葉子を坂東に預けると、武蔵は桑本と大山に向き直り、

「おまえたちは、おのれと考えの合わぬものの口を封じようとして、俺にとって大事なひとを傷つけたが……それだけではない。あの夜……虎ノ門でなにをしていた」

桑本が眉を吊り上げて、

「な、なに……？」

「露西亜の酒をみやげにもらう、とは、露西亜人と密会していたのではないのかな？　俺は、陸軍省のあるひとから近頃露西亜に国家機密が流出している、と聞いた。桑本氏……その根はあんたじゃないのか？」

亀井葉子が、

「虎ノ門には、露西亜政府代表部の建物があります！」

坂東が、

「あなたは湯水のように賄賂を贈りまくって出世しているそうだが、その原資は露西亜から出ているのか！」

学生や手下たちが一斉に桑本を見た。桑本新十郎は怒りで顔を紫色に染め、

「ねっねっねっ根も葉もないでたらめだ。わしがロマ……露西亜人に機密を漏らしているなど笑止！」

「では、潤沢な金の出どころはどこなのだ。説明してみたまえ！」

「う、うるさい。でたらめはでたらめだ。説明などいらぬ」

社主の朝倉が進み出て、

「でたらめかどうかは調べればわかること。内務省と警察に知らせれば、公の調査がはじまるだろう。この男に追随している諸君、今ならまだ引き返せる。とくに学

生の皆さんは、こんなことで人生を棒に振るのはいかがなものかね。これからいくらでも他人に、国家に尽くせるのだ。それともこの男とともに刑務所に入るかね」

学生たちは顔を見合わせた。真っ先に剛田が、

「我輩は……露西亜に国を売るような行為は許せんと思う」

そう言って木剣を捨てた。ほかのものたちもすぐに倣った。大山志朗兵衛が、

「おまえたち……わしの恩を忘れたが！」

剛田がおずおずと、

「桑本先生の潤沢な遊興費……おかしいと思うていたのです」

「貴様らもその恩恵を受けていただろうが！」

「汚らわしい金だと知っていたら、断っていたはずです」

「今さらなにを……」

べつの学生たちも、

「私も、教授を闇討ちにするのは嫌でした。あれは卑怯なふるまいです」

「意見が違う相手にも堂々と議論を挑み、論破するのがスポーツマンのやり方ではないかと思います」

「き、貴様ら……」

武蔵は笑って、

「どうするのだ。おとなしく縛につくか、それともあくまで抗うつもりか」

大山が、

「こうするのだ」

そう言うと武蔵に向かってなにかを構えた。それは火縄銃のようなものだった。

「三十年式歩兵銃だ。脅しのつもりで持ってきたが……こうなったら皆道連れだ。死なばもろとも……まずはおまえからあの世に送ってやる。いくらおまえが剣の達人でも、この銃は五連発だ。勝てっこない」

武蔵は、

「飛び道具とは卑怯……とは思わぬ。新時代には新時代の武器がある。だが、一度は剣術の道に人生を賭けたはずのおまえが最後に頼るのが飛び道具とはな」

「言うな！　勝てば官軍だ」

武蔵は床に落ちていた木刀を手にすると、顔のまえに斜めに構えた。

「木の刀で弾丸に太刀打ちするつもりか。馬鹿ものめ」

「俺は木刀で佐々木小次郎の豪剣と戦った男だ。貴様のへろへろ弾などなんでもない」

「な、なんだと？　頭がいかれたか」

「さあ……来い！」

武蔵は木刀を構えなおした。大山志朗兵衛はその構えに引き込まれるように引き金を引いた。乾いた発射音がした。武蔵は木刀を振った。カキーン……という音とともに弾丸がはじき返され、天井にぶつかった。

「文太球……ホームランだな」

武蔵が言うと、

「この銃は五連発だと言うたはず。つぎの弾は貴様の頭蓋を破壊するぞ」

ダン、ダン、ダン……と弾丸は三発、続けざまに発射された。武蔵はそのどれをも木剣で打ち払った。大山は真っ青になったが、三発目で木剣は半ばから折れた。

「あと一発残っている。わしの勝ちだ」

大山はひきつった笑いを浮かべて狙いを定めた。

手近にほかの武器はないが武蔵は落ち着いていた。ここで死んでもよい。自分は精いっぱい生きたのだ。そう言う実感があった。大山は嘲るように、

「これからは新式銃の時代だ。剣などいらぬ。いや、銃にかわるもっとすごい武器、兵器がどんどん現れる。町をひとつ壊してしまうようなものも発明される。そのときに必要となるのは……金だ。金があれば勝てるのだ。金が……力だ！」

武蔵の頭に「ペンは剣より強し」という言葉が浮かんだ。武蔵は咄嗟に、破壊された机のうえにあった二本のペンを摑んだ。

「うははは……おまえは阿呆か。そんなものでなにができるというのだ」

武蔵は、二本のペンを刀のように構えた。なんだかその短いペンが、長剣のように感じられた。

大山が引き金を引き絞った。武蔵はペンを十字に組み合わせて弾丸を受け止めた。

「そ、そんな馬鹿な……ペンが弾より強いとは……」

沢田老人が、

「十字架じゃ……あんたは耶蘇の生まれ変わりじゃ……」

武蔵が苦笑いして、

「よせ。俺はそんな柄じゃ……」

ない、と言おうとしたとき、武蔵は背中にどすん、という衝撃を感じた。

「もはやこれまでじゃ。死ね……！」

自棄になった桑本新十郎が背後から匕首(あいくち)で刺したのだ。武蔵は左胸に激しい痛みを感じはじめた。亀井葉子の悲鳴を聞きながら、武蔵はゆっくりと倒れていった。

(俺は……死ぬのか……)

自分の血が床に広がっていくのがわかる。

(それもよかろう……俺はもう……十二分に生きた……)

武蔵の意識は途切れた。

エピローグ

武蔵は目を覚ました。長い長い夢を見ていたような気分だった。

「お目覚めになられましたか」

枕元に座っていたのは夏だった。顔色が良く、ひと目で健康であることがわかった。

「夏殿……お元気になられたのか！」

夏は笑顔でうなずいた。武蔵はがばと起き上がり、

「ここは……ここはどこだ。俺はなぜここにいる」

「それは私にもわかりません。ただひとつ言えるのは、武蔵さまが長い旅をしてこられたということ」

武蔵は混乱した。

（今の今まで俺は明治時代にいたはずだ。車夫となり、文人たちに交わり、小説を

出版した。あれは……本当に夢だったというのか。いや、そんなはずはない。あの世界で俺が覚えたさまざまな知識……それらはすべて頭のなかに残っている。夢ではない。夢のはずはない……。だとしたら俺は、ふたたび時を超えて、もとの世界に戻ったのか……)

武蔵はあの巻物にあった「ひとたび死してもとの世に蘇らん」という言葉を思い出した。

(そうか……俺は桑本新十郎に刺されてあちらの世界では死んだ。そして、時間を遡ったのだ……)

死ぬことで大勢を救い、ふたたび生き返ったという耶蘇のことを武蔵は思い出した。

武蔵は大きなため息をつくと、夏に向き直り、

「どうやって病を治したのだ。よい医者に診てもらったのか?」

「いえ……話せば長くなります。不思議なことがあったのです」

ある日、夏が臥せっていると、襖が開き、ひとりの女が入ってきた。その女は夏と同じ顔をしており、「夏子」と名乗ったという。同じ顔の人間に会ったものは近々死んでしまう、という言い伝えを夏は思い出した。それは「影の病」という病気なのだ。しかし、夏子はにこやかに、

「私は宮本武蔵さまの知り合いです。武蔵さまは今、長い旅に出ておられますが、いつかかならずここへ……あなたのもとに戻ってまいります。ですからそれをお待ちください」

「ですが、私は長くは待てないのです。命が尽きかけているのです。もう一度武蔵さまにお会いしたかったのですが……もう諦めました」

「大丈夫です。私の命をあなたに差し上げます」

「そんなことができるわけが……」

「あるのです。私たちはふたりでひとりのようなもの。——この紙にあなたに書いてほしい言葉があります」

そう言って夏子は紙を広げて夏に差し出した。夏は、夏子に言われたとおりの言葉を書いた。

「これを巻物に仕立てて、あなたの子孫に代々受け継がせてください。いいですね？」

「は、はい……でも……」

「私を信じてください。では……」

夏子は部屋から出ていった。その途端、夏は全身に精気がみなぎるのを感じた。

それは、生まれてから一度も体験したことのないような感覚だった。

「それで健やかになった、というのか……」

「はい。その後は走ったり、山道を歩いたり、重いものを持ったりしても平気になりました。夏子さんのおかげです」

（夏子殿……）

武蔵は夏子のことを思い、心のなかで手を合わせた。

「そして、今日、外出から戻り、部屋に入ったら、あなたさまが寝ておられたのです。なにもかも夏子さんの言うとおりになりました……」

夏は武蔵にそっと身体を預け、

「またこうしてお会いできて……夏は幸せです」

「夏殿……」

武蔵は夏をそっと抱き寄せた。

（夏への扉が開いたのだ……）

武蔵はそう思った。

やがて、島原の乱が勃発した。武蔵は居ても立ってもおれぬ気持ちになり、島原

へ赴いた。原城に近づくには、幕府軍に従軍するしかなかったが、

「脚に怪我をした」

と言い訳をして戦闘に加わることはなかった。切支丹たちにとっても幕府軍にとっても悲惨極まりない戦だった。武蔵は、力によって相手を圧しおのれの望みを遂げることの無意味さを改めて覚った。

帯刀してもかまわぬ時代に戻ったのに、武蔵はその後、剣には触れようともしなかった。持っても木刀で、それもよほど乞われて稽古をつけねばならぬときだけだった。ましてや、ほかの剣客と決闘することは生涯なかった。そのため、どこの大名にも仕官を断られ、終生を浪人として過ごした。なぜ戦わないのか、という理由を問われると、

「筆は剣より強し」

と言うだけだった。

「あなたほどの剣豪がもったいない……」

「俺は剣豪などではない。文豪なのだ」

「文豪？　文豪とはなんです？」

「はははは……知らんのか。知らんだろうな」

そんな武蔵の傍らにはつねに夏の姿があった。ふたりのあいだには数人の子が生

まれたが、のちに夏が先に逝くことになった。武蔵が重い熱病に罹り、その看病疲れから夏も体調を崩した。おかげで武蔵は回復したのだが、今度は夏が床に就いてしまった。亡くなる際に夏は武蔵の手を握りしめ、

「私は幸せでした……あなたが兄と戦ったことで……私はあなたさまに……お会いすることができました……」

「夏……死んではならぬ」

「ひとはおのれのためでなくひとのために死ぬもの。武蔵さまのために死ぬことができたら……夏は本望です……」

その言葉を最期に、夏は死んだ。その後、武蔵は水墨画を描いて過ごすようになった。とくに達磨の絵が得意だった。

（正岡殿や夏目殿、森鷗外殿ともあの世で会いたいものだな……）

しかし、彼らがこの世に生まれるのはまだ二百年以上も先なのだ。

晩年を熊本で過ごした武蔵は、どうしても、と乞われて剣術の指南書を書くことになった。

（人殺しの技としての剣術ではなく、ひとを活かすための剣の道についてなら書いてもよい……）

そう思って引き受けた。かつて剣客として生き、そののち小説家になった武蔵に

とって、その書物は人生のひとつの区切りになるはずだった。金峰山にある霊巌洞という洞窟に籠り、武蔵は執筆を開始した。

(これが俺のゴールだ……)

武蔵はその書物を「五輪の書」と名付けた。もちろん「ゴールインの書」という意味だ。久しぶりに剣技のことを思い返しているうちに、武蔵は、

「剣は小説と同じだ」

と思った。

(人間は、想像力を使えば時間も空間も超えることができる。剣術も、相手がつぎにどう出てくるかを想像し、それより先手を取ればかならず勝ちを得られる。そのためには技術を鍛えるだけではだめだ。並外れた想像の力と現実を見据える力の両方が必要なのだ……)

武蔵の「二刀」も小次郎の「燕返し」も、いや、塚原卜伝の「天狗昇飛び切りの術」にしても、塚原卜伝の「一の太刀」にしても、柳生石舟斎の「無刀取り」にしても、もとはといえば想像力によって生み出された技なのである。

(剣術も、突き詰めていけばそこには宇宙と同じぐらい広くて深い世界がある。その宇宙を、技術力と想像力を人力車の両輪のようにして渡るのだ……)

武蔵はいつだったかあの車宿の長屋の一室で夢想したことを思い出した。天空を

行く巨大な船を造り、蒸気の力で風を起こして空を飛び、地球から火星や水星にまで至る……。この書物を読んだものが、剣術を足掛かりにしてもっと自由に、雄大な世界に羽ばたいてほしい……そんな思いを込めて、武蔵は各編の題を「地」「水」「火」「風」「空」とした。もちろん「地球」「水星」「火星」「風」「空」から取ったのだ。

やがて「五輪の書」は完成した。読んだものたちは皆、武蔵の文章力と内容の深さに驚愕したが、プロの小説家だった武蔵にとっては当たり前のことだった。

（こんなものはたやすく書ける。兵法書などつまらぬものよ……）

武蔵は内心そう思っていた。「五輪の書」を読んだひとりが武蔵に、

「ここには肝心の佐々木小次郎との戦いのことが書かれておりませぬが、なにゆえですか」

と問うと武蔵は笑って、

「それはべつに書いたのだ」

そう……武蔵は「五輪の書」執筆のかたわら、小説も書いていた。自分の人生を題材としたもので、佐々木小次郎との試合がクライマックスとなっていた。しかし、ただ単に体験したことをそのまま書いたのではない。あくまで「小説」として書いたのだ。

（ただそのままを書くのはつまらぬ。面白おかしく書かねば……）

佐々木小次郎は武蔵の親の仇である、という設定にしただけでなく、相手をいらだたせるためにわざと決闘に遅れていった、とか、小次郎が物干し竿を鞘ごと抜き、その鞘を砂地に捨てたとき、「小次郎、敗れたり」と言って挑発したとか、虚構の場面をノリノリでたくさん入れた。

（見てきたような嘘をつき、だ。小説は兵法書など書くよりずっと面白い。だが、俺が死んだとき、小次郎にあの世で叱られそうだな……）

それだけではない。仇を追い求める旅の途中で、武蔵は狼の大群と戦ったり、山賊退治をしたり、姫路城の妖怪をやっつけたり……と痛快で波瀾万丈の物語を作り上げた。

「五輪の書」は門弟のひとりに与えられた。そのとき、同時に「宮本武蔵伝」も渡されたのだが、その門人は、

（こんな荒唐無稽な自伝を発表すると、武蔵先生の評判を下げることになる……）

と考え、自分ひとりの考えでその作品を闇に葬った。しかし、武蔵の没後、その内容が世間に流出し、のちの宮本武蔵像を作り上げていったのである。

◇

夏季オリンピックの第一回大会は、夏子が亡くなった一八九六年に希臘(ギリシャ)で行われたが、そのシンボルとして五つの大陸を意味する五つの輪をあしらったマークが一九一四年から使用されることになった。そのマークは「五輪」と呼ばれているが、命名したのは読売新聞記者の川本信正氏で、たまたま菊池寛の書いた「五輪の書」についての文章を読んで思いついた、とのことである。

初出　Ｗｅｂジェイ・ノベル
第一話　決闘巌流島（「武蔵、戦う」に改題）　２０１９年８月６日公開
第二話　武蔵、剣を捨てる　２０１９年11月５日公開
第三話、第四話、エピローグは書き下ろし。

実業之日本社文庫　最新刊

実業之日本社文庫 た65

文豪宮本武蔵

2020年6月15日　初版第1刷発行

著　者　田中啓文

発行者　岩野裕一
発行所　株式会社実業之日本社
〒107-0062　東京都港区南青山5-4-30
CoSTUME NATIONAL Aoyama Complex 2F
電話［編集］03(6809)0473［販売］03(6809)0495
ホームページ　https://www.j-n.co.jp/
DTP　ラッシュ
印刷所　大日本印刷株式会社
製本所　大日本印刷株式会社

フォーマットデザイン　鈴木正道（Suzuki Design）

ISBN978-4-408-55596-6（第二文芸）